閱讀難點逐個「捉」

（中級）

小學三、四年級適用

商務印書館

責任編輯：馮孟琦

裝幀設計：麥梓淇

排　　版：肖　霞

印　　務：龍寶祺

階梯中文 —— 閱讀難點逐個「捉」(中級)

作　　者：商務印書館編輯部

出　　版：商務印書館 (香港) 有限公司

　　　　　香港筲箕灣耀興道 3 號東匯廣場 8 樓

　　　　　http://www.commercialpress.com.hk

發　　行：香港聯合書刊物流有限公司

　　　　　香港新界荃灣德士古道 220-248 號荃灣工業中心 16 樓

印　　刷：中華商務彩色印刷有限公司

　　　　　香港新界大埔汀麗路 36 號中華商務印刷大廈

版　　次：2022 年 9 月第 1 版第 1 次印刷

　　　　　© 2022 商務印書館 (香港) 有限公司

　　　　　ISBN 978 962 07 0617 2

　　　　　Printed in Hong Kong

目録

如何用好這本書

為甚麼要編這套書？

當翻開這本小書，讀者會發現所有閱讀材料並不是根據文章體裁，或文章內容去分類，而是根據孩子們學習中常見的閱讀難點去劃分章節。

這是因為在本館「階梯閱讀空間」運作十多年的實踐中，我們通過檢查答題的準確率，發現了孩子們在做閱讀練習時有幾大難點。而坊間卻並沒有一套書可以針對這些難點來做特訓。

我們特地編寫的這套書，正希望可以為孩子們解決這些難題。

這套書是怎樣構成的？

全套書分為三本，分別對應小一小二、小三小四、小五小六程度的學生。本書建議小學三、四年級學生選用。

本書按照「**指出難點**（難在哪裏）→ **指導解決難點**（試試看、閱讀策略怎麼用）→ **典型錯題分析**（常犯哪種錯、錯在哪裏）→ **難點特訓**（特訓場）→ **知識拓展**（你知道嗎）→ **綜合測試**（來挑戰吧）」的主要架構來安排內容。

不同的部分有甚麼特色？

給爸爸、媽媽的話：為解答爸爸、媽媽在輔導孩子時遇到的問題，我們利用「階梯閱讀平台」中積累十多年的錯題情況分析，梳理出孩子閱讀碰到困難的原因，並提供相應的解決方法。希望能幫助大家更好地輔導孩子，提升他們的閱讀水平。

難在哪裏：在這個部分，讀者可以看到本章提到的閱讀難點是甚麼，解決這個難點對他們有甚麼幫助。

試試看：這個部分用簡單易懂的語言告訴讀者，可以用怎樣的方法解決碰到的閱讀難點。一步一步跟着做，讀者會發現，其實解決問題並不難！

閱讀策略怎麼用：在進行閱讀訓練前，我們提供了可對應解決本章難點的閱讀策略。根據祝新華教授提出「六層次閱讀能力系統」，我們從理論描述和實際應用兩個角度，告訴讀者應該用何種策略去應對問題，提出有理論基礎支持的建議。父母可以先細讀這一部分，根據我們提供的建議，帶領孩子完成特訓場的練習，更可將同樣的方法用在平時的閱讀練習中。

常犯哪種錯：在這裏，你可以看到階梯閱讀平台上與閱讀難點相關的題目，孩子們常犯怎樣的錯誤，哪些題目的出錯率最高。對照錯誤例題，再想想自己：如果我來做，我會犯同樣的錯嗎？為甚麼會犯這樣的錯呢？相信讀者一定可以有所收穫。

特訓場：我們在階梯閱讀平台中精心選出級別配合讀者水平的篇章，體裁豐富（包括詩歌、記敘文、寓言、說明文、實用文等等），題材多樣（童話故事、日常生活、歷史知識、社會通識、科學知識等等），并配合本章所提到的閱讀難點進行特訓。其中，貼合 TSA 考試的題型將會以 ★ 標示。完成每篇練習後，讀者可以利用特設的表格，來記錄下自己所用的時間，並且逐項對照表中提醒的檢查措施自己有無做到，以便養成檢查的好習慣。

在一些文章後，還配有「**你知道嗎**」這個環節，介紹與文章相

關、從文章延伸出來的有趣課外知識，拓寬視野，也增加了閱讀的趣味。

　　來挑戰吧：在這裏，我們設置的測試題綜合體現了前面的幾大難點，以便檢查練習效果。這些題目，除了能體現閱讀難點外，也參考 TSA 測試的題型和考核點，能配合考試的要求。

　　最後，讀者可以從「**答案詳解**」中找到每道題的正確答案，並查看詳細解釋，明白為甚麼要選它。

　　現在，大家一定對這本小書有了更多的了解了吧？相信在爸爸、媽媽的幫助下，孩子們一定可以通過特訓提升閱讀的能力！現在就讓我們一同進發，攻克這些閱讀上的難關！

給爸爸、媽媽的話

從初小到高小，閱讀是不是越來越難？

孩子慢慢長大，閱讀是不是也隨之越來越難？其實，閱讀不是越來越難，而是需要因應孩子們的成長而提供更長、思想感情更複雜的文章，同時，孩子們也需對自己的理解、概括、表述能力有更高要求。

按祝新華教授的「六層次」理論，這個階段的閱讀能力要求，已經上升到「**伸展＋重整＋評鑒（初步）**」的層次。這體現在：需要孩子仔細辨析的字詞含義多了，需要歸納的題目多了，對全文主旨的把握也要更準確了。

但不少孩子明明課外閱讀很多，卻為甚麼在做閱讀理解的題目、或者理解他人說的話時，水平與他們的閱讀量不相稱呢？那是因為即使孩子閱讀量大，如果他只是進行沒有深入思考的泛讀，就未必懂得如何回答問題（不論書面的還是口頭的）。問題要答得好，需講究技巧：要抓住問題的最關鍵處去回答，內容鋪排要有條理，表達要具邏輯性。這些都需要訓練。

所以這時我們就需要有深入思考的精讀。孩子們應該開始學會思考：這番話、這篇文章講了甚麼？是怎樣講的？講得好嗎？好在哪裏？表達了怎樣的思想和感情？

同時，也需要與寫作相輔相成，不論是說話還是下筆寫較長的文章，都對提升孩子的閱讀水平有幫助。梳理清楚話語／文章的脈絡，有助於孩子構建對文章的佈局思考。而在寫作中的實踐，

反過來可以幫助他們更深入地理解文章。故我們特意在本冊練習中增加了不少需要寫的內容，以期增加鍛煉表達能力的練習。

從低年級到高年級的過渡階段，練習增多、要求提高是自然的事，沒有任何知識是不需要反覆練習就可掌握得好的。正如胡適先生所說「太陽之下無新事」，人類其實是在不斷模仿的基礎上才能獲得創新一樣，牢記做練習的目的，有效率地做適量練習，這是正確的學習過程。

然則，練習的目的是甚麼？不是為了做對所有題目，而是為了發現不足，鞏固所學的知識。所以，答對題目不是我們的目的，知道如何答對才最重要。我們應該允許孩子出錯，因為這是學習中的必經之路。孩子出錯處少固然好，但即使是練習時出錯多，也未嘗不是一件好事，因為我們可以知道孩子的不足，從而有針對性地作改善。希望爸爸、媽媽帶領孩子完成本冊練習時，可以多鼓勵孩子找到自己出錯的原因，對比正確答案的思路和寫法，並且記下來。形成了總結錯誤原因並針對性改正的習慣，對學習一定有很大的幫助。

總括而言，下表中的小小建議，希望可以幫到孩子與各位爸爸、媽媽：

	日常生活	• 習慣閱讀較長的文章，除了故事書和科普文外，還可以嘗試閱讀說明性強的文章，以及較短的評論性文章；
		• 嘗試從書報文章、日常對話中概括內容大意，要表達的主旨及感情、態度，複述給大人聽；
		• 多精讀，多深入思考：別人是怎樣把一件事情、一個物件寫好的？所表達的觀點、態度對嗎？如果是我來寫／我來說，我會怎樣做？
孩子怎麼做		• 真正掌握老師所教的語文基礎知識，包括多義字詞、文章寫作順序、修辭手法、寫作手法等等。在日常生活中不妨挑戰一下爸爸、媽媽呀！
	做閱讀練習時	• 須將問題結合文章內容來思考，不能脫離文章，單憑自己的經驗或認知來做題；
		• 看完文章後閉眼回想，在腦海中拼湊出文章的大體脈絡，初步歸納出內容主旨；
		• 答題時緊扣文章的主要內容和主旨去考慮，不能偏離；
		• 回憶各種語文基礎知識的特點，尤其注意分辨容易混淆的知識點，例如事情發展順序與時間順序、比喻和擬人等等。

家長怎麼做	日常生活	• 在日常對話中多玩文字遊戲；
		• 與孩子探討書本、報章上的內容，引發孩子的深入思考；
		• 問問孩子喜愛讀的書或喜愛看的影片，到底哪裏吸引他們？能否舉例說明？內容中某些語句是甚麼意思？引導他們多做完整口頭表述的訓練。
		• 鼓勵孩子多多練習寫作，即使每天只記錄一句較長的句子，也可以令表述能力得到訓練。
	做閱讀練習時	• 接受和允許孩子出錯，幫助孩子一起探尋錯誤原因，並記錄下來；
		• 孩子做題時逐漸減少對他們的指導，而多參與孩子找尋錯誤原因的過程，引導孩子把自己的思考過程說出來，然後對照正確答案去調整。

「學海無涯」，願與各位一同探討更多提升學習能力的好「橋」，攜手為孩子的成長創下一方沃土。

第一課：多義詞的運用

難在哪裏？

要分清每個字、每個詞在句子、文章中的意思

考考你：

不一樣的「好啊」

你覺得運用中文字詞簡單嗎？來，先試試回答下面這個問題：

－「好啊！原來你趁媽媽不在家時偷吃糖！」

－「好啊！歡迎下次再來玩！」

兩個句子裏都有「好啊！」，可是，它們的意思是不是一樣的呢？

實際上，這兩個「好啊」表達的意思並不相同。第一句裏的「好啊」，表現出說話人對「你」偷吃糖的不滿，第二句的「好啊」，則表達了贊同。

所以，同樣的字詞，在不同的句子中往往表達不一樣的意思。在閱讀文章時，我們首先要做到的便是認真體會、理解每個字詞的含義。

明白字詞在不同句子中的意思，能幫助我們：

- 更容易理解句子真正想要表達的感情、態度、和事件。

- 掌握更豐富的語言表達，讓自己說的話寫的文章更準確流暢。

 試試看！

要在閱讀文章時弄清楚其中一個字詞的不同意思，我們可以這樣做：

了解字詞的基本含義

1）這個字／詞中有多音字嗎？

2）這個字在不同的讀音下分別表示甚麼意思？

3）這個包含多音字的詞語，是甚麼意思？

聯繫上下文

1）看看字詞與上下文內容有甚麼關係。

2）看看字詞與文章中的人物、事情有甚麼聯繫？這些人物、事情，會令詞語有特別的含義嗎？

3）看看字詞用在這個句子、這篇文章中是否恰當呢？

平常在說、寫句子時，你可以想想：

- 如果換了意思相近的字詞，句子表達的含義會不一樣嗎？

- 如果是換上了與它意思相反的字詞呢？句子意思又會變成怎樣？

- 在生活中多想多記，你一定能與越來越多字詞交上好朋友，運用起來自然更加熟練！

閱讀策略怎麼用？

　　原來，在閱讀文章時，我們也是能夠用對應的小妙招去解決詞語理解的問題的呢！你可以參考以下這個方法：

你的閱讀能力	你的策略	你需要做怎樣的訓練？
解釋 —— 用自己的話解釋詞語	1）利用字形部件推測詞義	1）仔細讀句子，解釋詞語、短語的意義。
	2）利用語素（單個字）推斷詞義	2）通過句中已經學過的熟悉的字詞猜想體會新詞。
	3）借助上下文猜測詞義	3）借助上下文猜測詞義，推測隱含的意思。

常犯哪種錯？

媽媽太多

在一家很大的超級市場裏，一個小男孩找不到他的媽媽了。

他在一排排貨架間跑着，大聲地叫：「小娟！小娟！」

當他媽媽找到他時，就責備他：「小明，你不應該叫我的名字，這是不禮貌的。任何時候，你都應該叫我媽媽。」

「我知道。」小明哭着回答，「但是這裏全都是媽媽，我得想辦法找到我的媽媽才行。」

典型錯題：「階梯閱讀空間」出錯率 68%

文中，「責備」的意思是：

A. 責怪自己　　　B. 埋怨　　　C. 生氣地問

正確答案: B

錯在哪裏？

你有沒有做對這一道題呢？

很多小朋友選擇了 C。也許，大家一看到媽媽責備孩子，就覺得是媽媽

很生氣了。

我們先來看看「責備」這個詞的意思是甚麼：指批評，責怪。這是基本的意思。而同一個詞語在不同的句子中表達的意思往往有一點不同。有的小朋友會說：「我還沒學過『責備』這個詞呢！怎麼會知道它的基本意思，更不會知道它還有沒有別的含義呀！」

沒關係，我們可以通過上下文來猜測。

現在我們再來看看上下文。上文講到的是一個叫小明的小男孩找媽媽，下文則是媽媽責備小明的話。從生活中，我們可以知道孩子不見了媽媽要找回媽媽，是十分合情理的；看下文媽媽的話，並沒有生氣地問小明，而是對小明直接叫她的名字表示不滿，認為是不禮貌的，實際上這只是一種埋怨。

學會這樣思考，即使小朋友忘記了「責備」的意思是甚麼，也能選擇到正確的答案啦！

鯨魚

鯨魚的名稱雖然有「魚」字，其實牠不是魚，而是一種生活在水中的動物。牠跟陸地上的動物一樣，用肺來呼吸。

在遙遠的古代，鯨魚的祖先和牛羊一樣，生活在陸地上。後來，環境出現變化，牠們的祖先搬到靠近陸地的海裏生活。

經過很久很久的時間，鯨魚習慣了水中的生活，身體出現變化。腳和尾巴都沒有了，整個身體變成了魚的樣子。

典型錯題：「階梯閱讀空間」出錯率 63%

對「鯨魚的名稱雖然有『魚』字，其實牠不是魚」這句話，下面哪一項才是正確的解釋？

A. 第一個「魚」字是指漢字「魚」。

B. 第二個「魚」字是指「魚類動物」。

C. 第三個「魚」字是指「魚類動物」。

正確答案: C

錯在哪裏？

一個句子中有三個「魚」字。要分辨清楚，看起來真不容易呢！很多小朋友選擇了 A。

別急，讓我們逐個答案去分析。這道題目其實還是在考查小朋友們能不能根據句子的內容來分辨同一個字的不同含義。

第一個「魚」字，出現在句子的開頭：「鯨魚」。鯨魚是一種動物的名稱，所以在這裏，它並不是表示漢字「魚」，而是指魚類生物。故此不能選 A。

第二個「魚」字，出現在句子中間：「雖然有『魚』字」。這個「魚」字，表示的是漢字「魚」。因為它指的是前面「鯨魚」這個詞中的「魚」。所以不能選 B。

第三個「魚」字，出現在句子末尾「不是魚」。這裏「魚」字很明顯就是表示「魚類動物」的意思了。故此 C 才是正確答案。

當我們再見到看上去很複雜的問題時，先別着急，細心地一項一項分析就可以了。

兔子不笨

有的人說：兔子真笨，連走路都不會，走路時總是搖來搖去的，一點都不穩。

其實，兔子才不笨呢。牠的家就有三個出口，你要捉住牠很難。

兔子走路不穩，是因為牠的後腿比前腿長。所以，兔子總是跑跑跳跳，從來不會慢慢行走呢！

典型錯題：「階梯閱讀空間」出錯率：61%

當我們沿着村子的大街 ＿＿＿＿＿ 時，後面跟着一大羣孩子。

A. 走路　　　B. 行走

正確答案: B

錯在哪裏？

「走路」和「行走」，這是一對近義詞。

「走路」的解釋是「（人）在地上走」。「行走」的解釋就是「走」。

在這個句子中，前半句已經提到了「沿着村子的大街」，就不應該再用「走路」，因為這令句子變得囉嗦，重複。

所以，這一題應該選擇「行走」。

看看，在閱讀文章時做關於字詞的題目，聯繫上下文真的太重要了！每次見到這些題目，請你一定要提醒自己：上下文有沒有給我甚麼提示呢？

特訓場

把牛叫做爸爸

一個父親和兒子住在山上，每天都要趕着牛到山下賣東西。父親負責趕牛，兒子負責看路。

每次看到彎路，兒子就會叫：「爸爸，前面有彎路啊！」

有一次，父親病了，兒子一個人趕牛到山下去。

到了彎路前，牛就停了下來。兒子用了很多辦法，牛還是不願意向前走。

最後，兒子靠近牛的身邊，大聲地喊：「爸爸，前面有彎路啊！」

喊了這一聲，牛果然往彎路走過去了。

1) 文中一些動詞的詞語搭配被打亂了，你能重新把它們連起來嗎？

趕　　　　　東西

看　　　　　牛的身邊

賣　　　　　路

靠近　　　　牛

2) 文中，「果然」的意思是指：　　　　　　　　　　　（　　　）

A. 表示兒子猜想事情會怎樣變化。

B. 表示事情與兒子所想的一樣。

★ 3) 請在文中找出一個正確的詞語，將以下句子補充完整：

　　① 對工作認真 ＿＿＿＿＿＿＿＿＿＿＿ 的人，十分值得我們學習。

　　② 為了在旅行出發前完成工作，爸爸一連三晚都在公司加班 ＿＿＿＿
　　＿＿＿＿＿＿＿＿＿＿＿＿＿＿＿ 工。

　　③ 接受了老師的意見，我在這次比賽中 ＿＿＿＿＿＿＿＿ 獲得
　　了比較好的成績。

4)「兒子負責看路」這句話中的「看」字，表達的是哪種意思？　（　　）

　A. 視線接觸到人或事物。

　B. 觀察並加以判斷。

　C. 對待。

○　我完成所有題目了嗎？

○　我有看清楚題目中的關鍵詞嗎？

○　我有哪一題不肯定？仔細看看上下文，再想一想！

○　所有的選擇都是我想選的嗎？

我做對了

＿＿＿＿題！

時間：

＿＿＿＿分鐘

正想你走

　　星期天的下午，在姪兒家作客的海蒂姑媽戴上帽子，對八歲大的莊尼說：「小傢伙，你願意送我到汽車站嗎？」

　　「不！」莊尼説。

> 「為甚麼不呢？」海蒂姑媽問。
> 「因為你一走，我們就開晚飯了。」

1）請你在第一段中找出描寫海蒂姑媽動作的詞語，並把它們寫下來。

_____

2）故事裏，「開」是指甚麼？ （ ）

A. 打開　　　 B. 開放　　　 C. 擺開

★ 3）請你用文中出現過的詞語，把下面這些句子補充完整。

① _____ 天氣很熱，所以人們都打開了家中的
冷氣機。

② 我 _____ 把我的利是錢捐給災民。

③ 老師 _____ 到我的面前，把獎牌掛到我的脖子上。

4）故事中弟弟的行為，是對姑媽的提議表示怎樣的態度呢？

弟弟對海蒂姑媽說「不」，實際上是 _____ 姑媽提
出的要求。（拒絕 / 同意）

○　我完成所有題目了嗎？

○　我有看清楚題目中的關鍵詞嗎？

○　我有哪一題不肯定？仔細看看上下文，再想一想！

○　所有的選擇都是我想選的嗎？

我做對了

_____ 題！

時間：

_____ 分鐘

你知道嗎？

　　你喜歡看笑話故事嗎？短短的笑話故事能給人們帶來許許多多的歡樂。

　　在笑話故事裏，我們常常在簡短的語言中，看到社會上發生的大小事件，有的笑話還包含了人生道理、對世間事物的感想等等。看完故事，笑完了，我們常常還會回想其中的道理。

　　中國自古就有笑話故事，其中最為人熟知的是清代一本專門記錄笑話的書，叫做《笑林廣記》。這本書中記錄了當時民間流傳的，涉及各行各業、各種人羣中出現的笑話，有嘲諷也有感歎。

　　在 2008 年，笑話還與眾多傳統音樂、舞蹈和民間文學作品，一同被國務院批准列入第二批國家級非物質文化遺產名錄呢！

鎖和鑰匙

一把大鎖掛在門上，一根鐵棒費了很大的勁，還是沒辦法把它打開。

鑰匙來了，只見它靈巧的身子鑽進鎖孔裏，輕輕一轉，鎖就打開了。

鐵棒不服氣地問：「為甚麼我個子比你高，長得比你壯，但費了很大力氣也打不開，而你一下子就打開了呢？」

鑰匙說：「因為我是最了解鎖的那一個。」

1) 那只老鼠很快地 _____ 進小洞裏，我無法捉住牠。　　　（　　）

　　A. 走　　　B. 鑽　　　C. 打

2) 請你試試寫出以下詞語的反義詞吧！

　　高—（　　　）　　　　大—（　　　）

★ 3) 媽媽是最 _____ 我的人。　　　　　　　　　　　　（　　）

　　A. 解釋　　　　B. 服氣　　　　C. 了解

4) 想一想，下面哪一項，與「打開」中「打」字的意思最相近？　（　　）

　　A. 打乒乓球　　　　B. 打仗　　　　C. 打架

○　我完成所有題目了嗎？

○　我有看清楚題目中的關鍵詞嗎？

○　我有哪一題不肯定？仔細看看上下文，再想一想！

○　所有的選擇都是我想選的嗎？

我做對了

_____題！

時間：

_____分鐘

志願

小雷在他的作文中說他將來的志願是當一名小丑。

有同學嘲笑他說：「你真是胸中無大志。我將來的志願是當一名科學家。」

小雷心裏很難受，回家後，就把這件事告訴了媽媽，媽媽卻笑着鼓勵他：「當小丑沒有甚麼不好，我希望你能把歡樂帶給全世界的人們。」

1) 在不久的 _____，這塊空地將會變成一個遊樂場。　　（　　）

　A. 過去　　　B. 現在　　　C. 將來

★ 2) 我有一個世界上最好的哥哥，當我失敗的時候他從來不 _____ 我，反而不斷地 _____ 我。　　（　　）

　A. 鼓勵　　　嘲笑

　B. 嘲笑　　　鼓勵

　C. 難受　　　歡樂

14

3) 對「胸中無大志」這種說法，你覺得下面哪一項是對的呢？　（　　）

　　A. 心目中沒有高大的偶像，所以沒有很大的志氣。

　　B. 心中沒有很遠大的理想和志向。

4) 想一想，以下這句話中的兩個「志願」，意思是一樣的嗎？如果你認為一樣請打「✓」，否則請打「✗」。

　　她的志願曾經是成為一名排球運動員。長大以後，她成為了一名醫生，但同時也是一位志願者。　　　　　　　　　　　　　　　（　　）

○　我完成所有題目了嗎？

○　我有看清楚題目中的關鍵詞嗎？

○　我有哪一題不肯定？仔細看看上下文，再想一想！

○　所有的選擇都是我想選的嗎？

我做對了

_____題！

時間：

_____分鐘

你知道嗎？

你試過從小丑叔叔手上接過氣球嗎？

原來，小丑是喜劇演員的其中一種，我們在馬戲團、遊樂場、兒童節目和一些嘉年華會上經常會見到他們的身影。他們的化妝很誇張，穿着色彩鮮艷造型奇特的衣服，頂着突出的大鼻子為大家帶來歡樂。我們常見的麥當勞叔叔，就是一個小丑的扮相呢！

在荷里活著名的影片《蝙蝠俠》中，「小丑」是頭號壞蛋，他的扮相令人覺得害怕。在一些文章或報紙新聞中，我們也曾經聽過「跳樑小丑」這種說法，這是在形容一些人在做搗亂的壞事但卻沒有甚麼影響。真實世界裏，小丑這個職業是很辛苦的。不論寒暑，他們工作時總是要穿上小丑服、滿面油彩地給人們帶來歡笑和快樂。所以，我們應該向他們致以誠摯的敬意。

小松鼠找花生

小松鼠看到田裏有些黃黃的小花和綠綠的葉子，牠問蝸牛：「這是甚麼呀？」蝸牛說：「這是花生。」小松鼠心想，等到小花結成果實的時候，我就去摘來吃。

小松鼠每天都跑去看看，可是，小黃花都凋謝了，葉子都落光了，也沒看見一個果實。

小松鼠覺得很奇怪，自言自語地說：「果實被誰摘走啦？」

蝸牛慢慢地爬過來，笑着說：「誰也沒有摘走果實，花生的果實都長在泥土裏啊！」

1) 我 ＿＿＿＿ 下一朵玫瑰送給外婆，多謝她從小一直照顧我。　（　　）

A. 掉　　B. 摘　　C. 拿

2) 蘋果樹長出了又紅又大的蘋果，這是我們勞動的 ＿＿＿＿ 。　（　　）

A. 後果　　　B. 果實　　　C. 結果

★ 3) 請你用故事中出現過的詞語，來將下面這句話補充完整吧！

秋天到，樹葉 ＿＿＿＿＿＿＿ 下，花兒 ＿＿＿＿＿＿＿ ，農民伯伯 ＿＿＿＿＿＿＿ 下了豐收的 ＿＿＿＿＿＿＿ 。

★ 4) 想一想，下面哪一項最符合「自言自語」的解釋？　（　　）

A. 自己跟自己說話。

B. 自己說出的話。

○ 我完成所有題目了嗎？

○ 我有看清楚題目中的關鍵詞嗎？

○ 我有哪一題不肯定？仔細看看上下文，再想一想！

○ 所有的選擇都是我想選的嗎？

我做對了

_____ 題！

時間：

_____ 分鐘

栽種大豆最早的國家

中國是世界公認的大豆的故鄉，中國種大豆已經有五千多年的歷史了。大豆原來有一個名字叫「菽」，現在世界各國大豆的名字，都是「菽（shū，粵語發音與『熟』相同）」字的音譯。

中國也是世界上栽種大豆最早的國家。外國種植大豆，僅是近二百多年的事。據有關資料記載，大豆在 1740 年傳到法國，1790 年開始在英國安家。1873 年，中國大豆參加維也納萬國博覽會展出，引起了世界各國的注意。此後不久，大豆相繼傳到奧地利、匈牙利和德國。

大約一百年前，美國才開始種大豆，先後從中國引進了三千多個大豆品種。1952 年，中國的大豆產量是 190 億斤，美國只有 132 億斤，到 1976 年，美國的產量猛增到 689 億斤，中國卻下降到 133 億斤了。

1）畢業後，他 _____ 去過美國和日本這兩個國家工作。　（　　）

A. 順便　　　B. 相繼　　　C. 繼續

2）她是全班 _____ 的好學生，除了學習好，還非常樂於助人。

（ ）

A. 公佈 　　　 B. 注意 　　　 C. 公認

3）根據文章中「相繼」這個詞，我們可以知道，大豆的完整傳播路線是怎樣的？請把這些國家的名字按順序寫下來吧！

中國 → _____ → _____ → _____ → _____ →

_____ → _____

★ 4）文中說大豆「1790 年開始在英國安家」，這裏的「安家」應該怎樣解釋呢？下面哪一項說得對？

（ ）

A. 在一個地方定居。

B. 把一個地方當作自己的家鄉。

C. 去到某一個地方，並一直留下來。

○ 我完成所有題目了嗎？

○ 我有看清楚題目中的關鍵詞嗎？

○ 我有哪一題不肯定？仔細看看上下文，再想一想！

○ 所有的選擇都是我想選的嗎？

我做對了

_____ 題！

時間：

_____ 分鐘

你知道嗎？

今天，我們能在街市、超級市場上買到各種各樣的食材。但你知道有哪些食材是原產於外國，後來才傳入中國的嗎？

土豆，又叫馬鈴薯，即我們平日常吃的「薯仔」，原產於南美洲。最初，歐洲人只欣賞它美麗的花，後來法國農學家發現了它的多種吃法，於是法國農民就開始大量種植馬鈴薯。在明朝時，馬鈴薯傳入中國，解決了很多人缺少食物的問題。

番茄，也叫西紅柿，也是原產於南美洲。它同樣是在明朝時被引入中國。新中國建立後，番茄才開始大規模地在中國栽種，番茄漸漸成為普通人家餐桌上常見的美味食材。

除了土豆和番茄，辣椒、蘋果、木瓜、玉米、南瓜、花生、大蒜等等我們常見的食物，都是從外國傳入中國的呢！

番茄

神奇的洋蔥

　　說到洋蔥，你一定會想起媽媽切洋蔥時被辣得流眼淚。可是，原來在古代的歐洲，洋蔥曾經代表勝利：人們認為洋蔥有神奇的力量，戴上它，就可保住平安，保持旺盛的戰鬥力而取得勝利，所以在打仗時脖子上戴着用洋蔥頭串成的「項鍊」。

　　洋蔥為甚麼會長得圓頭圓腦的呢？因為，洋蔥本來生長在氣候乾燥炎熱的沙漠地區，為了能夠生存下去，洋蔥的葉就要變成肉質的，而且包含很多水分和糖分，緊緊包裹住莖，這樣就可以抵抗乾旱。你可以試試把洋蔥頭置到爐火邊，就算一個冬天過去，洋蔥也不會乾掉。難怪古代的埃及人也把洋蔥當作是長生不老的象徵呢！

1) 這個季節雨水充足，麥苗的長勢 _____ 。　　　　　（　　）

　　A. 健壯　　　　B. 旺盛　　　　C. 繁盛

★ 2) 我們身體的免疫系統能夠 _____ 外界的病菌。　　（　　）

　　A. 反抗　　　B. 抵抗　　　C. 抵制

3) 下面哪一個詞，與「難怪」的意思最接近？　　　　　　（　　）

　　A. 奇怪　　　B. 難得　　　C. 怪不得

4) 下面哪個句子，可以填入「就算……也……」？填完後句子必須是通順正確的呀！　　　　　　　　　　　　　　　　　　　（　　）

　　A. _____ 我是你的媽媽，_____ 我非常愛你。

B. _____ 你明天可以早點起床，我們 _____ 一起跑步去吧！

C _____ 遇到再多困難，我們 _____ 要堅持下去。

○ 我完成所有題目了嗎？

○ 我有看清楚題目中的關鍵詞嗎？

○ 我有哪一題不肯定？仔細看看上下文，再想一想！

○ 所有的選擇都是我想選的嗎？

我做對了

_____ 題！

時間：

_____ 分鐘

冰島真的是冰天雪地嗎？

冰島是一個國家的名字。它位於大西洋北部，靠近北極圈。大家一定以為那是個長年冰天雪地的地方。

其實，我們都被這個名字欺騙了。大約在 9 世紀的時候，一夥北歐海盜發現了這個無人的荒島。他們想獨佔這個島嶼，便給它起名為「冰島」，讓人以為這是一個沒有人居住的冰雪世界，而不敢到島上去。

冰島雖然有 13% 的土地為冰雪所覆蓋，但它也能得到海洋中的大量熱能；而且，在這個只有十萬三千平方公里的海島上，竟有 200 多座火山，800 多個溫泉，平均水溫還達到 75℃ 呢！所以事實上冰島的地熱資源十分豐富。在冰島的首都，全城都鋪有地熱管道，家家戶戶都有暖氣，甚至在郊外

還能利用地熱蓋起大型温室，培育香蕉等熱帶植物。而冰島的南部更加暖和，連冬天的温度都不是很低，因而漁業十分發達。

1）中國的香港，是個旅遊業十分 _____ 的城市。　　　（　）

　　A. 豐富　　　B. 富裕　　　C. 發達

2）科學家 _____ 了蒸汽能產生強大的動力。　　　（　）

　　A. 發明　　　B. 創造　　　C. 發現

3）下面哪一幅圖，能更準確地表現「冰天雪地」這個詞？　　　（　）

　　A. 　　　　　　　　　　B.

4）文章提到冰島上「竟有 200 多座火山」，想一想，這個「竟」字表達了甚麼意思？　　　（　）

　　A. 原來　　　B. 居然，表示沒想到會這樣　　　C. 終於

O　我完成所有題目了嗎？　　　　　　　　我做對了

O　我有看清楚題目中的關鍵詞嗎？　　　　　_____ 題！

O　我有哪一題不肯定？仔細看看上下文，再想一想！　　時間：

O　所有的選擇都是我想選的嗎？　　　　　_____ 分鐘

你知道嗎？

冰島是歐洲最西部的國家，它的北邊緊貼北極圈。因為同時擁有很多火山和溫泉，故此也被稱為「冰火之國」。

1944 年，冰島從丹麥獨立出來，雷克雅未克這個城市成為首都。這是全世界最北的首都。因為那裏地熱能源豐富，故此環境非常乾淨。冰島一年四季都多雨，而且多數是細雨，但當地人卻少有帶備雨傘上街的。為甚麼？那是因為冰島上的風非常強烈，一不小心，傘就會被吹飛或者吹散了啊！

既然這麼靠近北極圈，很多小朋友可能會以為在冰島能看到企鵝或北極熊，其實並不會呢！北極熊在冰島是可以合法獵殺的，所以牠們不會到這裏來。島上唯一的一種野生動物，就是北極狐。

在冰島還能看到極光、藍湖、歐洲最大的瓦特納冰川，還有用冰川水製造的百事可樂，用地熱資源培植的溫室蔬菜……你也想親眼去看看嗎？那就好好搜尋當地風土人情的各種資訊，準備出發吧！

極光

可愛的弟弟

弟弟快滿三歲了，他有圓圓的臉蛋和明亮的眼睛，十分可愛。當他笑的時候，眼睛瞇成一道縫，就像廣告上的小寶寶，特別討人喜歡。

弟弟最愛模仿我。每當我做功課的時候，他就一本正經地坐在一旁，拿着鉛筆，在紙上寫寫畫畫，還神氣地說：「姐姐，我也在做功課哦。」其實，他還未上學呢！

弟弟有時也很淘氣，又很愛哭。有一次，我用積木搭小橋，他就走過來，把小橋弄倒了。我輕輕地說了一句：「都是你不好。」他就躲到一旁，大哭起來了。後來，媽媽下班回家，看見他的臉上還掛着晶瑩的淚珠，問他為甚麼哭，他就說：「姐姐……姐姐……她說我不好……」媽媽聽了，不禁笑了起來。

弟弟也很喜歡表演。有時他會說自己是歌星，拿着長方形的積木放近嘴邊當話筒，大聲地唱起歌來，逗得大家哈哈大笑。

我的小弟弟，真是既淘氣，又可愛。

---

1) 文中用了很多形容詞來描述「我的弟弟」。請你把這些形容詞都寫下來吧！

_____

_____

2）下面這些詞語都是近義詞，你能用連線幫它們重新配對嗎？

淘氣　　　　討人喜歡　　　　晶瑩

調皮　　　　閃亮　　　　　　惹人喜愛

★ 3）文中提到弟弟「神氣地說」，這裏的「神氣」是甚麼意思？下面哪一項
是正確的呢？　　　　　　　　　　　　　　　　　　　　　（　　）

A. 自以為比別人出色而感到得意。

B. 精神飽滿。

C. 感到驕傲自豪。

4）文章用了不少動詞把弟弟淘氣可愛的行為描述出來。請你根據文章內
容把這些行為搭配起來吧！

眯　　　　　眼睛　　　　　笑

拿　　　　　鉛筆　　　　　畫畫

弄倒　　　　一旁　　　　　哭

躲到　　　　積木　　　　　放近嘴邊

拿着

○　我完成所有題目了嗎？

○　我有看清楚題目中的關鍵詞嗎？

○　我有哪一題不肯定？仔細看看上下文，再想一想！

○　所有的選擇都是我想選的嗎？

我做對了

_____ 題！

時間：

_____ 分鐘

中國廚師如何使用刀？

　　西方的廚房裏一般會有各種大小、厚薄不同的刀具。中國廚師卻只有一把刀，這把刀要能切菜、切肉、切豆腐、切面，切所有食物。

　　當你仔細看看中國廚師怎樣用手裏的刀，就會有不少有趣的發現：刀很鋒利，可以用小小的力去切；很重，可以用大力砍；刀背比較厚，可以用來不斷剁，刀的木柄最後面是平的，可以敲碎東西。

　　有的食物軟，有的食物硬；有的食物熱，有的食物冷；有的食物多纖維，有的食物多油。中國廚師必須充分了解食物，學習使用刀的各種方法，並且通過練習，每天下刀十多萬次，練習八個小時，掌握各種技術。

　　好的中餐廚師能把軟的豆腐切成頭髮絲那麼細，把肉切成一張紙那麼薄。

1）請你把文章中的四對意思相反的詞語都找出來吧！

＿＿＿＿＿ —— ＿＿＿＿＿　　　＿＿＿＿＿ —— ＿＿＿＿＿

＿＿＿＿＿ —— ＿＿＿＿＿　　　＿＿＿＿＿ —— ＿＿＿＿＿

2）＿＿＿＿＿同學在聊天，＿＿＿＿＿同學在看書。　　　（　　）

　　A. 一邊……一邊……

　　B. 有的……有的……

　　C. 又……又……

★ 3) 你知道日常我們吃的菜裏，有哪些是經過用刀「剁」這個過程做出來
　　的？請你把它們選出來吧！　　　　　　　　　（　　　　　　　）

　　A. 馬蹄蒸肉餅　　　B. 薑蓉蒜蓉　　　C. 清蒸石斑　　　D. 炒油菜

　　E. 陳皮牛肉球　　　F. 木瓜魚湯

　4)「中國廚師必須充分了解食物」，這裏的「充分了解」是甚麼意思呢？

　　　　　　　　　　　　　　　　　　　　　　　　　（　　）

　　A. 非常清楚要用到哪些食物。

　　B. 非常清楚自己要處理的食物是怎樣做成的。

　　C. 非常清楚各種食物的特點和處理方法。

O　我完成所有題目了嗎？

O　我有看清楚題目中的關鍵詞嗎？

O　我有哪一題不肯定？仔細看看上下文，再想一想！

O　所有的選擇都是我想選的嗎？

我做對了

＿＿＿＿＿＿題！

時間：

＿＿＿＿＿＿分鐘

你知道嗎？

看名字就知道，近義詞指的是意思很相近的詞語。有的小朋友會說：為甚麼要有近義詞呢？同樣的意思用一個詞表示就可以啦，搞得我們要學那麼多字詞！

那是因為在我們日常使用中，需要表達很多程度輕重不一樣，範圍大小不一樣、描述的人物不一樣的情況。比如：

兩個國家的最高領導人見面，不能說「接見」，而應該說「會面」；

「我相信你」，那表示「我」沒有懷疑，認為「你」是正確的；而如果說「我信任你」，那就表示我完全相信你而且敢於把一些重要的方面完全交給你而毫不懷疑。

所以，認清楚不同的近義詞，對於豐富我們的日常說話、文章寫作，都有很大的好處呢！

第二課：根據語境理解內容

難在哪裏？

要明白句子在文章／說話內容／題目中的真正意思

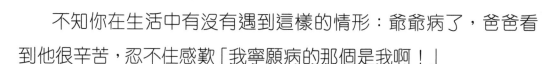

考考你：

爸爸真的想自己生病嗎？

不知你在生活中有沒有遇到這樣的情形：爺爺病了，爸爸看到他很辛苦，忍不住感歎「我寧願病的那個是我啊！」

在這種情況下，你應該怎麼理解爸爸講的話呢？爸爸是真的想他自己得病嗎？

首先，我們要知道爸爸為甚麼說這番話。看看前文，提到爺爺病了，我們就能想到，其實爸爸是不捨得爺爺病得辛苦。再聯繫平時生活中與家人相處的經驗，我們就會知道其實爸爸這句話的意思是他寧願病痛的辛苦讓他來經受，也不想爺爺受苦。所以爸爸並不是真的想自己有病，而是在表達一種為爺爺的辛苦感到心疼的感情。

再來看看：當媽媽叫你去幫忙買水果回來招呼客人，吩咐你要挑選些「靚（好）一點」的水果，你又會怎樣理解媽媽這個要求呢？是只選擇外表看上去乾淨顏色漂亮的呢，還是要選味道好吃的呢？結合平時的生活經驗仔細想一想，我們就明白因為媽媽要招待客人，希望客人吃得開心，自然首先要選味道好的，然後再看外表啦！

看，原來句子在不同的上下文中，語言環境中有不同理解，而

不是字面上讀那麼簡單呢！

　　同樣，在做文章閱讀理解時，我們也不能只看字面意義，或只憑自己的想法去理解，一定要把句子放回文章中、放回上下文中，我們才能真正理解它們的意思。

　　而我們在回答問題時，也要學會弄清楚實際上題目在問我們甚麼，我們應該回答的是甚麼。

　　例如當別人問到「你覺得小明是個怎樣的孩子？為甚麼呢？」要回答得好，我們就一定要先回看／回想文章中／日常生活中小明的種種行為表現，再從這些表現歸納出他的性格特點。所以，這個問題其實是考了我們的理解能力、概括能力與歸納能力。

試試看！

　　那我們該如何更準確地理解句子在上下文中的意思呢？又應該如何理解題目想考我們的是甚麼，我們要怎麼回答才對呢？

找到句子在文中的位置

　　1）認真瀏覽全篇，一邊看一邊記住大致內容。

　　2）根據問題所提到的句子內容，在文中找到對應的部分。

　　3）若問題提到的是完整句子，就找完整句子；若問題提到的是句子大意，則需要先理解其意思再在文中尋找。

聯繫上下文

　　1)若句子在文章開頭,則要了解下文的內容。判斷下文內容與句子有甚麼關聯。

　　2)若句子在文章中間,則前後文都需要了解,即理清全文的內在邏輯關係。

　　3)若句子在文章結尾,則看看它的內容與上文哪一部分對應,找到準確對應的內容才結合在一起思考。

聯繫生活經驗

　　1)當文章的內容與人的感情、公認的道理或知識相關的時候,應該結合在一起去理解。

　　2)若生活經驗、所了解的知識與文章內容不一樣的時候,應以文章內容為準。

弄清問題的類型

　　1)問「誰是怎樣的人?」首先要看看這個人的行為、語言等表現,再歸納出他的性格特點。

　　2)問「你認為誰做得對不對」,首先要看看這個人做過甚麼事情,找到事情的後果,判斷它的對錯。

　　3)問「說明了甚麼/學到了甚麼道理/體現出甚麼感情/表達出甚麼想法」,我們應該回答文章的中心思想/主旨,需在理解文章內容、找到中心句/關鍵詞的基礎上概括出來。

平常在聽別人說話、閱讀文章時，你也可以多留心有沒有一些特別的、與平常意義不同的句子，想一想別人用在這裏其實是想表達甚麼意思？

在閱讀理解中解決的難點，最後必定也能在生活中用得上，學以致用，這才是我們多練多思考的目的呢！

閱讀策略怎麼用？

要真正理解句子在文章中的含義，以及問題想問的真正內容，除了「解釋」這個層次的閱讀能力外，還需要用到「重整」和「伸展」。對比小一、小二的閱讀，我們可說是「更上一層樓」啦！要做好這一點，我們應該做怎樣的訓練呢？

你的閱讀能力	你的策略	你需要做怎樣的訓練？
解釋 —— 用自己的話解釋表面句意	1）邊讀邊聯想 2）借助上下文猜測句意	1）理解句子表面含義。 2）解釋語句的表面意思。 3）通過句中已經學過的熟悉的字詞猜想體會新詞。

重整 ── 分析（理清篇章內容關係，抽取篇章重要資訊）	1) 列表格幫助理解內容 2) 利用「六何法」理解內容 3) 找出重點段	1) 理清篇章內容關係。 2) 按一定順序複述大致內容。 3) 從篇章某處／多處攝取特定信息。
伸展 ── 推得隱含意義	1) 找出關鍵句、關鍵詞 2) 邊讀邊思考 3) 提問基本問題幫助理解內容	1) 推斷句子的深層意義。 2) 推斷作者、文中人物某言行所隱含的情緒、觀點和態度。 3) 推斷、了解問題真正要問的內容。

常犯哪種錯？

酒煮滾湯

　　有以淡酒宴客者。客嚐之，極讚府上烹調之美。主曰：「粗肴未曾上桌，何以見得？」答曰：「不必論其他，只這一味酒煮白滾湯，就妙極了。」

　　註釋：湯：熱水。

典型錯題：「階梯閱讀空間」出錯率 67%

「酒煮白滾湯」實則指甚麼？

A. 用酒作為調味料，煮湯。

B. 指用酒煮的一道獨特的菜式。

C. 指主人家的酒兌了太多水，酒味太淡。

D. 指加入了酒後，湯的味道變化了。

正確答案: C

錯在哪裏？

這道題最多同學選的是 A。

實際上，要答對這道題，需要小朋友理解把「酒煮白滾湯」這個內容放在全文中去理解。此句出現在文末，所以我們要知道全文說的是甚麼內容。

文章第一句話就說到這位主人是用「淡酒（味道淡的酒）」來宴請賓客。第二句說中說「客嚐之，極讚府上烹調之美。」因為前文沒有提到其他菜餚，而只提到酒，況且主人自己也說「粗肴未曾上桌」，故此客人嚐到的就只能是酒。「酒煮白滾湯」的字面意思是用酒當調料來煮的熱水，但我們從前文可以知道客人嚐的是酒而不是熱水呀！這樣去形容酒，可見酒的味道有多淡了。所以，文中的客人其實是在嘲諷主人吝嗇，招待客人不肯用好酒。

選擇了 A 的小朋友，只看到了「酒煮白滾湯」的表面意思，而沒有把它放回到文章中去理解，很自然就會選錯。

當你遇到類似的問題時，尤其是問題中有「實際上、其實、實則、真正的含義」這類詞語時，一定要看看句子的上下文到底講了甚麼，結合上下文才能理解得準確呢！

請調小音量

當你要在地鐵裏聽音樂，你會把耳機的音量調大嗎？

你一定會說：「不調大音量就聽不見啊！」是的，科學家的研究發現，在地鐵內或馬路附近，環境比較吵，雜音多，人們要聽音樂，就必須調大音量。當周圍環境的音量達到 65 分貝的時候，人們常常會把耳機的音量調大到 82 分貝左右。周圍越吵，耳機的音量就會調得越大。

可是，耳朵並不能長時間接受這麼大的音量。當聲音達到 150 分貝的時候，耳膜就會被震破。長時間聽到 90 分貝以上的音量，人的身體會覺得很難受，聽力就會受到損害。

為了保護我們的耳朵，請調小耳機的音量吧！拿下耳機，其實也能聽到生活中各種美妙的聲音。

典型錯題：「階梯閱讀空間」出錯率 64%

文章的最後一句話表達了作者怎樣的想法？

A. 生活中的聲音比耳機中的音樂好聽。

B. 耳機會危害人的身體健康。

C. 希望大家不要總是戴着耳機，否則就會錯過生活中其他美妙的聲音。

D. 希望大家注意耳朵的健康。

正確答案：C

此題錯選 A 和 D 的人最多。小朋友們一定認為前文都在談戴耳機調大音量對耳朵不好，會損害聽力，所以選擇 D；也有的小朋友看到這句話說其實生活中也有很多美妙的聲音，前文也在談論戴耳機帶來損害聽力的問題，故此選 A。

要明白這句話的真正意思，的確是需要先看前文內容，再思考它與前文的關係。我們第一步就是要把前文內容歸納出來：在周圍環境聲音較大的情況下，戴上耳機聽音樂時需調大音量。長時間接收大音量，我們耳朵的聽力就會受到損害。故此文章標題是「請調小音量」。注意，這裏只說是調小音量，可沒有讓大家完全不戴耳機聽音樂呢，更沒有將耳機中的音樂與生活中的聲音作比較。所以不應該選 A。

再看看最後這句話，簡單來說就是拿下耳機能聽到生活中各種美妙的聲音，這與「希望大家注意耳朵的健康」的提議並沒有明顯的關聯。所以也不能選 D。

所有選項中，C 是最後這句話的另一種表述方式。原句從正面提建議，而它則是從相反的角度去表達的：不要總是戴着耳機，否則會錯過美妙的聲音。這種說法既符合前文對戴耳機聽音樂的態度，也提出合理的建議，是正確的答案。

請記得，我們在將句子聯繫上下文語境去理解時，要保持清醒，在讀懂前文的前提下，根據文章表達出的態度和所列舉的事實（或稱為論據）來作出恰當的判斷呢！

特訓場

三文治的由來

　　很多人都喜歡吃三文治，因為它既健康，又方便攜帶。原來三文治最初是由貪玩的貴族為了偷懶而做出來的。

　　英國有一個叫「三文治」的地方。在二百多年前，那裏住了一位伯爵，人們都叫他「三文治伯爵」。

　　這位伯爵很喜歡和朋友打撲克牌，而且一玩起來，即使是肚子餓了也不願停下。有一天晚上，僕人為伯爵準備的食物是兩片夾有肉的牛油麵包。伯爵吃這種小吃只須用一隻手拿食物，而另外一隻手就可以不用停下，繼續打牌了！

　　伯爵的朋友們都覺得這是個很好的主意，於是開始仿效。這樣他們就可以一邊吃東西，一邊玩撲克牌，不用在餐桌上用餐了。因為這名貪玩的伯爵，這種食品後來就被稱為「三文治」。

1. 文中提到很多人喜歡吃「三文治」的原因是甚麼？ 　　（　　）

　　A. 非常美味　　　B. 既健康又方便攜帶　　　C. 因為貴族們喜歡吃

2. 僕人準備的兩片夾有肉的牛油麵包，有甚麼好處？ 　　（　　）

　　A. 方便一邊打牌一邊吃。

　　B. 味道比一般的麵包更好。

　　C 方便伯爵與朋友們分享。

★ 3. 請看第二自然段，你知道為甚麼人們會把伯爵稱為「三文治伯爵」嗎？

（　　）

A. 因為這位伯爵最愛吃三文治。

B. 因為這位伯爵所住的地方叫做「三文治」。

C. 因為是這位伯爵發明了三文治。

4. 你認為作者對「三文治」的看法是怎樣的呢？為甚麼？

作者 ＿＿＿＿＿「三文治」。因為它 ＿＿＿＿＿、＿＿＿＿＿。

5. 看完這篇文章，你知道這種兩片麵包間夾有肉的食品為甚麼叫「三文治」了嗎？請你利用以下的這些詞語，把它概括出來吧！

「三文治伯爵」　　愛打牌　　無意中　　僕人　　朋友們　　仿效　　紛紛

＿＿＿＿＿＿＿＿＿＿＿＿＿＿＿＿＿＿＿＿＿＿＿＿＿＿＿＿

＿＿＿＿＿＿＿＿＿＿＿＿＿＿＿＿＿＿＿＿＿＿＿＿＿＿＿＿

○　我完成所有題目了嗎？

○　我有看清楚題目中的關鍵詞嗎？

○　我有哪一題不肯定？仔細看看上下文，再想一想！

○　所有的選擇都是我想選的嗎？

我做對了

＿＿＿＿題！

時間：

＿＿＿＿分鐘

狐假虎威

狐狸的性情非常狡猾。

有一天,一隻狐狸獨自在山坡上玩耍,看見前面來了一隻老虎;牠心裏一驚,但躲避已經來不及了。在這十分危急的時候,牠忽然想出一個主意來。

牠大模大樣地走到老虎面前,對老虎説:「虎大哥,你不能吃我了!現在羣獸已公推我做了獸王,你如果不信,可跟在我後面,走一段路試試看!你看羣獸見了我,有一個敢不逃走的嗎?」老虎是個直性子的家伙,聽到狐狸的話,不禁發了一怔。心想:「一向總是我做獸王,怎麼今天牠也做起獸王來了?」可是一時摸不清底細,倒也不敢得罪牠。就對牠説:「好吧,跟你走走看!」

狐狸在前面走着,老虎在後面跟着。羣獸見了狐狸,本來不覺得怎麼樣,可是一見到狐狸後面緊跟着的是一隻老虎,便一齊掉頭飛跑。於是狐狸就回過頭對老虎説:「怎麼樣,你看見了嗎?牠們見了我,都逃走了!」

1) 狐狸一開始見到老虎,是甚麼反應? （   ）

　　A. 心裏一驚,但躲避已經來不及。

　　B. 心裏十分慌張,趕緊躲避。

　　C. 非常鎮定,大模大樣地向老虎走去。

2) 狐狸讓老虎怎樣做? （   ）

　　A. 讓牠承認狐狸為獸王。

B. 晚一點才吃掉狐狸。

C. 跟在狐狸後面走一段路。

★ 3）羣獸見到狐狸和老虎，便掉頭飛跑，是為甚麼呢？ （ ）

這是因為

A. 羣獸非常懼怕狐狸的威嚴。

B. 羣獸害怕老虎會來吃掉牠們。

C. 羣獸害怕狐狸會指揮老虎來傷害牠們。

4）故事末尾，狐狸對老虎說的話表明了甚麼？下列哪一項是不對的呢？

（ ）

A. 狐狸騙老虎說其實羣獸害怕的是牠。

B. 狐狸借助老虎把羣獸都嚇跑了。

C. 狐狸是真正的百獸之王。

5）看完這個故事，你能概括一下，遇到老虎之後狐狸是怎樣做的嗎？請你寫下來。

_____ → 想出主意欺騙老虎 → _____

→ _____

○ 我完成所有題目了嗎？　　　　　　　　　　我做對了

○ 我有看清楚題目中的關鍵詞嗎？　　　　　　_____ 題！

○ 我有哪一題不肯定？仔細看看上下文，再想一想！　時間：

○ 所有的選擇都是我想選的嗎？　　　　　　　_____ 分鐘

怎樣演講？

演講是一種技能，是現代人們一種不可缺少的技能。我們要把這種技能訓練得好，必須注意下面幾點：

（一）事前要有準備。講題確定了以後，要開始搜集或整理材料。有了豐富的、適當的材料，大家才喜歡聽。否則，空空洞洞，有甚麼意思？

（二）說話要有條理。有了好材料，還要說得有條理。如果沒有條理，而前後顛倒，東扯西拉，不但聽的人莫名奇妙，就是自己也要弄得心慌意亂，不知在說些甚麼了。初學演講的人，對這一點，特別要注意。

（三）態度要自然。演講的時候，態度要從容不迫。既不能呆板，也不可裝模作樣。如果能用適當的姿勢來幫助表情達意，那就很好了。

（四）聲調要適宜。說得太高，容易使喉嚨沙啞；說得太低，又顯得沒有精神：聽眾都不歡迎。所以善於演講的人，對於聲音的高低，是看地方大小做標準的：地方大，聲音高；地方小，聲音低；而且還要說得清清楚楚。

你曾經演講過嗎？演講曾經失敗過嗎？如果照上面幾點常常練習，是會不斷地進步的。

1）文章認為：演講是 _____。

★ 2）要訓練好演講，事前為甚麼要有準備呢？　　　　　　（　　　）

　　A. 因為有了豐富的、適當的材料，大家才喜歡聽。

B. 因為演講題目確定了以後就要開始搜集或整理材料。

C. 因為需要查資料，演講者才會知道要講些甚麼。

D. 因為需要有材料才能講得有條理。

★ 3) 第三段中提到，初學演講的人要特別注意甚麼？　　　　　（　）

A. 演講必須要有豐富的材料。

B. 演講時千萬不要能心慌意亂。

C. 演講時要說得有條理，不能前後顛倒、東拉西扯。

D. 演講時態度要自然。

★ 4) 善於演講的人，會如何調整自己的聲調？　　　　　　　（　）

A. 不論在哪裏都要說得大聲而且清楚。

B. 地方大聲音就要高，地方小聲音就要低，並且要說得清楚。

C. 地方大時聲音要高而清楚，地方小聲音可以低沉且模糊一點。

5) 讀完文章，你知道要練好演講，就要做好哪幾點？請你寫下來吧！

_____

_____

O　我完成所有題目了嗎？

O　我有看清楚題目中的關鍵詞嗎？

O　我有哪一題不肯定？仔細看看上下文，再想一想！

O　所有的選擇都是我想選的嗎？

我做對了

_____ 題！

時間：

_____ 分鐘

你知道嗎？

　　演講是指人在公共場所，配合身體姿勢、聲音效果等向大眾宣傳、介紹個人簡介和主張、講道理、抒發情感的一種活動。有的人，只要給他一個題目他就能自由發揮，即興演講；在一些重要的場合，則往往需要人們採用讀稿演講的方式；當然，也有的人採用提前背好稿件以及根據一定的提綱進行演講

馬丁·路德·金

的。演講者講到精彩之處，往往會收穫聽眾熱烈的掌聲，也能因此而備受歡迎，製造出熱門流行的話題。

　　如果問你知道哪些著名的演說家，也許你腦海中第一個想到的就是馬丁·路德·金和他的《我有一個夢想》。1963年8月28日，在華盛頓特區有一場多達25萬人的集會。馬丁·路德·金在林肯紀念堂發表了他這一舉世聞名的演講。在演講中，馬丁·路德·金用抑揚頓挫的語調，用富有感染力的文字向大眾傳遞爭取種族平等的信念，激勵人們為爭取自由平等而不懈抗爭。至今，這份演講詞中的語句仍然被刻在林肯紀念堂的台階上。

　　二戰時的英國首相丘吉爾，也是一位著名的演說家。當法國準備投降、英法聯軍士氣低落時，他發表了演說《我們將戰鬥到底》：「我們將戰鬥到底。我們將在法國作戰，我們將在海上和大洋中作戰，我們將以越來越大的信心和越來越強的力量在空中作戰。我們將不惜任何代價守衛我們的祖國，我們將

在海灘上作戰，我們將在敵人登陸的地點作戰，我們將在田野和街頭作戰，我們將在山區作戰，我們決不投降。」這次演講極大地增強了英國人民的信心，鼓舞了軍隊的士氣，最終贏得了第二次世界大戰。

哥倫布以「蛋」服人

1492 年，哥倫布發現了新大陸。回到西班牙後，在一次歡迎宴會中，忽然有人高聲説道：「我看這件事不值得這樣大肆慶祝。哥倫布不過是坐着船往西走，再往西走，碰上了一塊大陸而已。任何一個人只要坐船一直向西行，都會有這個發現。」

宴會席上頓時鴉雀無聲，面面相覷。哥倫布笑着站起來，順手抓起桌上放着的熟雞蛋，説：「請各位試試看，誰能使熟雞蛋的小頭朝下，在桌上站住？」

大家都拿起面前的熟雞蛋，試着、滾着、笑着，但誰也沒能把它立起來。

哥倫布微笑着，拿起熟蛋，把尖頭往桌上輕輕一敲，那稍微碎了一點殼的蛋就穩穩地立在桌上了。那人高叫道：「這不能算，他把蛋殼摔破，當然可以站住。」

這時，哥倫布正色説道：「對！你和我的差別就在這裏，你是不敢摔，我是敢摔。世界上的一切發現和發明，在一些人看來都是簡單不過的，然而他們總是在別人指出應該怎樣做以後才説出來。」

1）故事中提到的歡迎宴會，是在哪裏舉行的？　　　　　　　　　（　　）

　　A. 新大陸上　　　　　B. 西班牙　　　　　C. 美洲

2）宴會上那個人説的話，是甚麼意思？　　　　　　　　　　　　（　　）

　　A. 他認為哥倫布發現新大陸是一件很偶然的事情。

B. 他勸告哥倫布應該謙虛一點，不要驕傲。

C. 他認為哥倫布的發現其他人都能做到，不值得大肆慶祝。

D. 指出哥倫布只是因為懂得地理知識而發現了新大陸。

★ 3) 第二段中提到，「宴會上頓時鴉雀無聲，大家面面相覷」，這是為甚麼呢？ （ ）

A. 大家沒想到那個人會這樣評論哥倫布的偉大成就。

B. 大家都認為那個人批評得對。

C. 大家都怕哥倫布會發怒。

D. 那個人的話與眾不同，引起了大家的思考。

★ 4) 當哥倫布把雞蛋立起來後，那個人說的話又說明了甚麼？ （ ）

A. 他始終不肯承認哥倫布是有能力的人。

B. 他想方設法去找哥倫布的錯處。

C. 他始終不相信哥倫布憑自己的能力可以完成這個任務。

D. 他十分膽小，不敢接受挑戰。

5) 哥倫布最後說的話是甚麼意思呢？請你簡單寫出自己的理解吧！

_____

_____

○ 我完成所有題目了嗎？

○ 我有看清楚題目中的關鍵詞嗎？

○ 我有哪一題不肯定？仔細看看上下文，再想一想！

○ 所有的選擇都是我想選的嗎？

我做對了

_____ 題！

時間：

_____ 分鐘

勤勞和懶惰

勤勞和懶惰，都愛跟人做朋友。

勤勞常常幫助他的朋友，使他們健康、愉快，使他們變成聰明的人。懶惰常常拉着他的朋友，使他們腐化、墮落，使他們變成愚笨的人。

勤勞真是好朋友，誰得到了他的幫助，誰就有益。看吧！農民得到了他的幫助，收穫就能豐富；工人得到了他的幫助，出品就能精美；商人得到了他的幫助，貨物就能暢銷；學生得到了他的幫助，成績就能優良：不都是有益嗎？

懶惰真是壞朋友，誰碰到了他，誰就倒楣。看吧！種地的張先生，碰到了他，地裏的莊稼不及野草長得高；做工的王先生，碰到了他，斧子、鋸子都生滿了銹；做買賣的李先生，碰到了他，貨物上的塵土越積越厚；我們三年前的同班同學陳偉明，碰到了他，明年他能不能升入四年級，現在還沒有把握：不都是很倒楣嗎？

你們願意跟誰做朋友呢？要是願意跟勤勞做朋友，得自己去找他，不然他不肯來，也不肯給你們甚麼益處。要是你們

> 不願意跟勤勞做朋友，懶惰就會來跟你們做朋友，並且會硬拉住你們，使你們倒楣。

★ 1）文章開頭第一句話，是甚麼意思？　　　　　　　　　　　（　　）

　　A. 勤勞和懶惰本身就是一對好朋友。

　　B. 勤勞和懶惰總是同時存在於人的身上。

　　C. 勤勞和懶惰都是人身上常見的品質。

2）根據第二段的意思，下面這句話如果是對的，請打「✓」，如果是錯的請打「✗」。

　　勤勞使人變得聰明，懶惰使人變得愚笨。　　　　　　　　（　　）

3）文章說勤勞能幫助人們做到甚麼？下面哪一項是不對的呢？　（　　）

　　A. 農民可以有豐富的收穫。

　　B. 生意人的貨物上灰塵越積越多。

　　C. 商人的貨物會暢銷。

　　D. 學生的成績會變得優良。

4）這篇文章實際上表達了一種甚麼看法？

_____

5）如果我們不願意與勤勞做朋友，會怎樣？文章中有一句話可以回答這個問題，請你用「_____」把它找出來。

蜜蜂與蝴蝶

蜜蜂與蝴蝶是一對常被人們相提並論的「孿生兄弟」，當人們讚美蜜蜂的勤勞樸實時，總愛拿蝴蝶來作反襯。是的，蜜蜂沒有漂亮的外表，黃褐色的小身體難予人以美感，但牠卻辛勤釀蜜。「不是為自己，而是在為人類釀造最甜的生活」，著名散文家楊朔先生在他的《荔枝賦》中就給了蜜蜂以極高的評價。

而蝴蝶則相反。牠外表華美，天天在花叢中穿梭，但不是為了釀蜜，而純粹是遊樂。且看牠，一時親吻這朵花，一會兒又輕撫那花蕾，猶如一個用情不專的紈袴兒。「浪蝶」一詞也許來自此？人們視之為浮誇、虛榮的象徵。

但是，如果我們看事物時不帶個人的主觀意念，而是客觀公正地看待每一事物的長短處，那麼，我們便可以看到蝴蝶的可讚之處了。牠雖不釀蜜，但牠以牠那翩翩的舞姿，五彩繽紛的倩影，美化了大自然。假如世上只有勤勞的蜜蜂而沒有美麗的蝴蝶，那麼，世界也失之單調。因此，我讚美蜜蜂的樸實勤勞，亦喜愛蝴蝶的飄逸迷人。

1）為甚麼蜜蜂和蝴蝶會常常被人們相提並論呢？　　　　　　（　　）

A. 人們讚美蜜蜂的勤勞樸實時，也愛提起蝴蝶的漂亮外表。

B. 人們讚美蜜蜂的勤勞樸實時，總愛拿蝴蝶來反襯。

C. 因為蝴蝶和蜜蜂一樣都受到人們的喜愛。

2）蝴蝶天天在花叢中穿梭，是為了甚麼？　　　　　　　　　（　　）

A. 釀蜜　　　　B. 遊樂　　　　C. 娛樂大眾

★ 3）根據文章意思，「浪蝶」一詞也許是來自於甚麼？　　　　（　　）

A. 蝴蝶終日遊樂的行為。

B. 蝴蝶華美的外表與翩翩的舞姿。

C. 蝴蝶在花叢中流連的情景。

★ 4）作者認為蝴蝶的可讚之處在哪裏？　　　　　　　　　　　（　　）

A. 舞姿翩翩，擁有五彩繽紛的倩影，美化了大自然。

B. 牠擁有美麗迷人的外表。

C. 牠為鮮花提供了傳播花粉的機會。

5）文中哪一句最能表現作者對蜜蜂和蝴蝶的態度？請你用「＿＿＿＿」找出來吧！

6）你認為作者的看法對嗎？為甚麼？

_____

_____

○ 我完成所有題目了嗎？

○ 我有看清楚題目中的關鍵詞嗎？

○ 我有哪一題不肯定？仔細看看上下文，再想一想！

○ 所有的選擇都是我想選的嗎？

我做對了

_____題！

時間：

_____分鐘

海狸造住宅

春季中的一天，兩隻海狸因為所住的老窠太擠，便離開了家，設法去另行建築一座新屋。牠們從一條河裏的水面底下，潛游過去，好使敵人不致發現牠們。牠們到了小河中的一處狹隘所在，便停止了前進。那兒的河岸兩邊，有着許許多多的白楊樹。牠們正可以用這些白楊樹來建築牠們新的住宅。

第一步，牠們先着手佈置成一個池子。牠們用尖銳的牙齒把白楊樹幹咬斷，使樹身倒在河裏，然後又去把樹上的枝椏，一根一根的啃下來。

牠們在河身狹隘的所在，築起了一座堤壩。這是用樹枝和泥土做成的。堤壩把水阻住了去處，這樣，那裏就形成了一個很深的池子。

於是，牠們便在池的深處，開始建築住宅。材料也用的是泥土和樹枝。住宅內祇有一所房間，露出在水面上；可是入口卻在水裏，這樣，可使敵人不能跑進牠們的房間。當牠們的住宅落成時，看去煞像是一堆枯樹枝。

第二步，牠們就着手貯藏食物，以作度冬的準備。牠們咬斷了許多的樹，啃下所有的樹枝，然後把樹枝上的嫩皮，一片片地咬下，埋在池底的泥土裏。到了冬天，冰把池面封凍了，牠們就可以吃樹皮過活，不愁餓死。

海狸是極細心的動物。牠們隨時警戒着敵人的侵犯。如果有敵人到來，一隻在外邊擔任放哨工作的海狸，立刻會看到或聽到，牠就將粗大的尾巴，向水面「拍！拍！……」地擊着水。於是，海狸們便知道有敵人到來，牠們紛紛停止了工作，向水裏鑽去。

牠們潛游到水裏，從開在水面下的住宅門口鑽進去，爬到了水面上的房間裏。那裏非常安全。等到危險過去了，牠們又到陸地上來，忙着做貯蓄食糧的工作。

★ 1) 第一段中說到，兩隻海狸為甚麼要從水底潛游到建造新家的地方呢？

因為 （ ）

A. 這樣走路程最短，能夠很快到達目的地。

B. 牠們怕被敵人發現。

C. 牠們只能在水裏活動。

2) 海狸們用甚麼材料造出了擋水的堤壩？ （ ）

A. 白楊樹枝和泥土。

B. 樹葉、樹枝和樹幹。

C. 樹葉和泥土。

3) 第四段中提到，敵人不能輕易進入海狸家的原因是甚麼？　　（　　）

　　A. 海狸的家在水裏。

　　B. 海狸的家看上去像一堆枯樹枝。

　　C. 海狸的家只有一個入口，而且是在水裏。

　　D. 海狸會守住自己的家門。

★ 4) 為甚麼說海狸是極細心的動物呢？　　　　　　　　　　（　　）

　　因為

　　A. 牠們隨時警戒着敵人的侵犯，一旦發現敵人就會四散逃跑。

　　B. 牠們隨時警戒着敵人的侵犯，一旦發現敵人就會向同伴示警。

　　C. 牠們把自己的家建造在很隱蔽的地方，而且會守住家門。

　　D. 牠們懂得分工合作，有的負責建造房子，有的負責放哨。

5) 根據這篇文章，你能總結出海狸建造自己的家的經過嗎？請你寫下來吧！

　　首先，＿＿＿＿＿＿＿＿＿＿＿＿＿＿＿＿＿＿＿＿＿＿＿＿＿＿＿＿；

　　其次，＿＿＿＿＿＿＿＿＿＿＿＿＿＿＿＿＿＿＿＿＿＿＿＿＿＿＿＿；

　　然後，＿＿＿＿＿＿＿＿＿＿＿＿＿＿＿＿＿＿＿＿＿＿＿＿＿＿＿＿；

　　最後，＿＿＿＿＿＿＿＿＿＿＿＿＿＿＿＿＿＿＿＿＿＿＿＿＿＿＿＿。

○ 我完成所有題目了嗎？

○ 我有看清楚題目中的關鍵詞嗎？

○ 我有哪一題不肯定？仔細看看上下文，再想一想！

○ 所有的選擇都是我想選的嗎？

我做對了

_____題！

時間：

_____分鐘

你知道嗎？

海狸又被稱為河狸。牠有一張和松鼠非常像的小臉，但腳卻像鴨子一樣長着蹼，最特別的是牠還有一條又扁又大的尾巴！當牠們用這條尾巴去拍打水面時，往往就是要給同伴報警：「敵人來啦！」

海狸樣子可愛，性格卻十分膽小怕事。牠有很多天敵，狼、狐狸等野獸很容易就能把牠們變成自己腹中的食物。所以，海狸找到了抵抗天敵的方法 —— 那就是趕緊逃回水裏。一旦進入水中，海狸就能迅速脫離敵人的魔爪，回到安全的地方。因為，海狸的體型非常有利於水上運動，牠們可是游泳和潛水高手呢！

海狸的游泳速度非常快，潛水能力也相當高超。一隻成年的海狸在水中深潛可以長達 12-15 分鐘，這樣的時間足以讓牠們有效地避開肉食動物的追捕和攻擊了。

海狸是一種素食動物，特別喜歡吃嬌嫩的樹皮或者樹根，而且還會「刨樹」。牠們是世界第二大嚙齒動物，有非常強悍的門牙。在數分鐘之內，牠們就能把一棵 10 厘米粗的樹咬斷。而牠們自己，通過不斷把樹咬斷，來阻止門牙繼續過快地生長，還用這些斷了的樹幹來建造新家。牠們用樹枝、泥土建造起來的海狸壩，不但有地基、有拱頂、有通道，還有「房間」和「透氣孔」，構造非常合理，而且還能建得很大，甚至可以達到數百米。這些小小的海狸，可真了不起，簡直可以稱得上是「自然界的建築師」呢！

第三課：概括主要內容／主旨

難在哪裏？

如何恰當完整地概括文章內容，歸納主旨

考考你：
如何快速匯報案情？

不知你有沒留意過，電視連續劇中警官到達案發現場時，總會先問一句：「甚麼情況？」然後就會有先到的警員向他介紹案情。

這時候，你聽到的會是現場的主要情況，例如：一共有多少名匪徒搶去了途人的財物，向哪個方向逃去，途中有多少店鋪受到影響，多少人受傷，最後匪徒在哪個地點失去蹤影，前線警員需要甚麼支援等等。在講述這些情況的過程中，警員用到的其實就是我們概括主要內容的能力。因為這時警官只需要在短時間內知道發生了一件怎樣的案件，馬上作出判斷去部署下一步行動，而不需要知道細節：比如案件中的人感受如何、受影響的市民分別有多少損失等等。

這種能把事情／文章的主要內容概括出來的能力，不但在讀書時用到，在我們長大以後的工作和生活中也會經常用到。這可是非常重要的呢！

而準確歸納文章主旨，則體現了我們的理解力。只有理解得準確，我們才能明白文章的感情和用心，才能明白別人話裏的真正含義。這兩種能力，在閱讀認知能力層次中，屬於「重整」和「伸展」，而且與從前相比，對這兩種能力的要求更高了。

提升我們的概括能力、理解能力，我們可以：

- 能快速明白文章大意、事情的大致面貌；

- 能明白文字中所表達的感情和思想，更理解作者／說法人的想法；

- 了解事情經過，明白作者用心，我們才能從中獲得有益的經驗，將自己的作文寫得更好。

試試看！

要學會概括文章的主要內容，和歸納文章主旨，這樣做可以幫到你：

先整體感受文章的內容

1）快速讀一遍全文

2）閉上眼睛想想，腦海中浮現出來的是哪些情節？

3）有條理地將好腦海中的情節理順，按事情發展順序、時間順序、空間轉換順序等排好。

寫下主要情節

1）將腦海中的情節寫下來。

2）如題目問「本文主要講述甚麼內容」，應回答「誰做了甚麼事，結果怎樣」。

3）如題目問「請你概括出文章的主要內容」，則需寫得較為詳細，要回答出事情的「起因、經過（發展及高潮部分）、結果」。

細讀文章，找到理解作者思想感情的關鍵詞和句子

１）找到表達心情、思想的詞語，例如：感動、慚愧、惋惜、高興、自豪……

２）找到表達作者想法的中心句：這種句子往往隱藏在文章的開頭或結尾，我們應該特別留意。

３）當遇到沒有明顯中心句的文章時，我們可以先仔細看看每一段文字的內容，看看有哪些段落可歸於同一個羣組，然後將各羣組中最關鍵的詞或句、段點出，根據它們來歸納文章主旨。

平常在看文章、聽別人的話時，你可以想想：

- 它們在講的是一件甚麼事？在介紹甚麼內容？試試把它們告訴爸爸、媽媽吧！

- 文章作者、說話人其實想表達甚麼？用的詞是表達正面的評價，還是表達批評的態度？是支持還是反對，是珍視還是惋惜？與爸爸、媽媽們多討論，但請注意，對同一件事每個人的理解並不一樣，有多元化的觀點也是一件好事呀！

在生活中多想多練，我們的概括能力，理解能力自然就能不斷提升。

閱讀策略怎麼用？

要提升概括能力和理解能力須多做練習。但原來我們在做閱讀時也能有小方法提升練習效果呢！

你的閱讀能力	你的策略	你需要做怎樣的訓練？
重整 —— 分析（理清）篇章內容關係，概括段篇主要意義	1）找出重點段 2）列表格幫助理解內容 3）利用「六何法」理解內容	1）根據篇章內容分段分層。 2）概括段意或層意。 3）理清篇章內容關係。 4）概括全篇內容。
伸展 —— 推得隱含意義	1）代入角色，邊讀邊感受 2）推測文章隱藏的含意 3）提問基本問題幫助理解內容	1）遇到一個較為複雜的句子，嘗試去推斷句子的深層意義。 2）推斷作者、文中人物言行隱含的情緒、觀點、態度。 3）推出篇章隱含的心態、中心、主題或主旨。

常犯哪種錯？

小琳的煩惱

有一次，學校舉辦「我最敬愛的老師」徵文比賽。作文一向很好的小琳也參加了，她的主角是大家都很喜歡的張老師。不過，她最後只獲得第二名，因此很不開心。

張老師知道了這件事，就在下課後找小琳聊天。

小琳説：「張老師，我認為那篇作文寫得很好，為甚麼只獲得第二名呢？」

張老師説：「因為你有錯別字呀！你用了『名符其實』這個詞，事實上，應該是『名副其實』。因為最初『副』字表示符合相稱的意思，但『符』字卻沒有這層意思。要知道，這些四字詞語，都是從中國古代就固定了的，每個字都有自己獨特的含義，我們不應該擅自改動它們呢！」

小琳終於明白過來：「張老師，您解釋得真清楚，果然是名副其實的好老師！」

典型錯題：「階梯閱讀空間」**出錯率：35%**

這個故事主要講述了甚麼內容？

A. 張老師解決了小琳的煩惱，是名副其實的好老師。

B. 小琳的作文寫得不好，所以去請教張老師如何才能寫得好。

C. 小琳因為作文沒獲得一等獎而不開心，張老師開解了她。

D. 小琳對作文只獲得二等獎感到不解，張老師向她解釋了原

因及「名副其實」的正確寫法。

正確答案: D

錯在哪裏？

這道題很多同學選擇了 A。看上去，選項 A 的確把張老師解決了小琳煩惱這個結果總結了出來，也用到了文章末句「是一位名副其實的好老師」的結語。但實際上，這個選項的概括並不全面，因為本文的主角是小琳而不是張老師。

問題問這個故事「主要說了甚麼內容」，雖然不需要把整件事情寫得十分詳細，但也需要我們做一個比較全面的概括，寫清楚「誰做了甚麼事」才能講得清楚。這個故事中只有兩個人物，事情是圍繞這兩個人的對話展開的，準確答案應寫出兩個人都分別做了甚麼事。選項 D 就把它們完整地概括了出來。而選項 A 只說明了張老師解決了小琳的疑惑，是好老師，卻忽略了另一個主要人物小琳，顯然是遺漏了這件事中重要的一部分，連起因都沒有說清楚。有時迷惑項的設置，內容也會相當合理，但卻不是準確回答問題的選項。我們一定要小心這些選項的干擾呀！

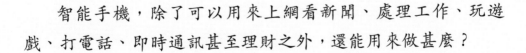

善用定位助尋人

智能手機，除了可以用來上網看新聞、處理工作、玩遊戲、打電話、即時通訊甚至理財之外，還能用來做甚麼？

是的，人們還能利用它來定位尋人！

在中國香港，曾經有一位滑翔傘愛好者，在操縱滑翔傘的過程中，遇到大風而下落不明。他的家人、朋友和警方，最後就是利用他隨身所帶的智能手機上的 GPS 全球定位系統，來確定他的落地位置。雖然，過程中人們花費了不少功夫，反覆查驗才成功定位，但卻也說明了現代科技日益進步，能幫助人們做到從前難以完成的任務。

你一定很好奇，智能手機是怎樣做到準確定位尋人的呢？其實，在智能手機中，只要我們開啟了 GPS 全球衛星定位系統功能，與衛星連接在一起，我們就已經像一枚小小的圖釘，出現在衛星定位系統的地圖上。我們移動到哪裏，衛星都會知道。這與智能手機導航系統的工作原理是一樣的。當滑翔傘被風吹過 A、B、C 三個地點，這名愛好者的飛行路線就出現在衛星地圖上了。後來，他的太太登入 Google 地圖，將他的飛行路線提供給警方，並與朋友們一起研究。最後，一位任職網絡工程師的網友通過分析路線與風向之間的關係，幫助他們找到了這位滑翔傘愛好者。只可惜，因為時間已經過去了一周，人們只能找到他的遺體。

雖然，這次營救行動的結果並不好，但卻給人們提供了寶貴的經驗：衛星顯示的地圖路線偏差距離是多少，往返折回的路線會影響人們判斷物體的最終落點等等。日後再有類似情況，人們便可更快速地找到失去蹤影的人或物。

有人擔心，這樣豈不是自己到了哪裏都能被人知道？對，所以我們要善用智能手機的定位功能，在不侵犯別人隱私權的情況下令這個功能發揮出自己的最大作用。

現在，請你想一想，若啟用你智能手機上的 GPS 定位功能，你還能尋找甚麼？

典型錯題：「階梯閱讀空間」出錯率 64.3%

這篇文章主要說明了甚麼？

A. 人們利用智能手機去定位尋人是失敗的。

B. 人們怎樣利用智能手機去定位尋人。

C. 智能手機的技術發展得很快。

D. 啟用智能手機上的定位功能，可以做到很多事情。

正確答案：B

這道題比較多同學選擇 D，其次是 C。

我們首先來分析選項 D。選擇這個選項的小朋友，很有可能受到了文章第一段內容的影響。第一段中提到智能手機能做很多事情，甚至還包括定位尋人。但我們要看清楚，原文這句話的意思是智能手機能做很多事情，而不是開啟定位功能可以做很多事情呀！

其次，我們再看看問題：文章主要說明了甚麼？這就提示我們必須要概括全文的內容。文章講述人們利用手機定位功能去尋找失蹤的滑翔傘愛好者，用了很大的篇幅。而關於手機定位與個人隱私的論述，也是由定位尋人這件事引發出來的，故此，在概括全文內容的時候，決不能不提「利用定位去尋人」這個重點事件。

最後我們看看文章的幾大部分，第一段提到人們利用智能手機可做到的事情，目的是為了引入「定位尋人」這一點；而結尾，提出一個開放性的問題，引起我們的思考：智能手機開啟定位後還能用來尋找甚麼？這是由「定位尋人」功能引發出來的。所以其實全文均是圍繞「定位尋人」這一內容來

寫，故此此題就只能選 B 了。

　　小朋友，下次遇到類似的問題，請在看清楚全文後閉上眼睛回想，在腦海中出現的主要內容是甚麼？文章各大段落之間的關係是怎樣的？你就一定能更容易找出正確答案！

打電話

　　「小媚，我跟你講過多少次了，你這樣長時間佔用電話來聊天，既浪費時間，又妨礙別人。如果我真的聽你的話去安裝『來電待接』，你只會變本加厲吧？你以後每次通電話不准超過二十分鐘！」這是爸爸今天早上出門前說的話。

　　到了晚上，爸爸和媽媽去聽音樂會。本來小媚也很想去的，可是只有兩張票，她只好和哥哥留在家裏。小媚很不高興，加上想起爸爸出門前說的話，心裏更覺得不是味道。「哼！你不准我做，我偏要做！反正你們不在家，哥哥又在房間裏溫習，你們都管不着。」小媚拿起電話筒，找好朋友慧雅聊天。

　　過了很久，小媚終於放下電話筒了，她長長地舒了一口氣，覺得有點累了。她看了看時鐘，心裏驚歎着：「哦！我聊了整整兩個小時呢，真痛快！」正當小媚得意地想着的時候，爸爸、媽媽回來了。

　　「小媚，還沒睡嗎？今晚的音樂會真精彩呢！」媽媽一進

門就說。爸爸接着說：「對啊！我們在路上遇到唐叔叔，原來他多了一張票，我們連忙打電話通知你，可是我撥了四、五次都撥不通，只好放棄了，真可惜！」

小媚聽罷，一句話也說不出來。

★ 1）文章第一段中，爸爸說的話主要表達了甚麼意思？　　（　　）

A. 小媚長時間佔用電話來聊天會影響學習。

B. 小媚長時間佔用電話來聊天既浪費時間會妨礙別人，以後講電話不許超過二十分鐘。

C. 爸爸打算聽從小媚的建議使用「來電待接」功能，但提醒小媚不要再長時間霸佔電話來聊天。

D. 希望小媚以後可以自覺減少佔用電話聊天的時間，以免妨礙別人。

2）文中哪一段，表現了小媚對抗爸爸、媽媽的想法？　　（　　）

A. 第二段　　　B. 第三段　　　C. 第四段

★ 3）文章最末一段，表達了小媚怎樣的情緒？　　（　　）

A. 小媚非常生氣。

B. 小媚覺得看不了演唱會也無所謂。

C. 小媚很後悔，但又無法埋怨爸爸、媽媽。

D. 小媚默默地替爸爸、媽媽高興。

4）你能把小媚的情緒總結一下，歸納在下面嗎？

生氣 → ＿＿＿＿＿　→ ＿＿＿＿＿　→ ＿＿＿＿＿　→ ＿＿＿＿＿

5）這篇文章講述了一件甚麼事情呢？請你按照下面的提示，把完整的經過寫下來吧！（提示的詞語不一定用在答案中）

霸佔電話　　長時間聊天　　爸爸下令　　賭氣　　後悔　　無法接通

_____

_____

_____

6）這個故事告訴我們 _____

_____ 的道理。

○　我完成所有題目了嗎？

○　我有看清楚題目中的關鍵詞嗎？

○　我有哪一題不肯定？仔細看看上下文，再想一想！

○　所有的選擇都是我想選的嗎？

我做對了

_____ 題

時間：

_____ 分鐘

國王與表演雜技的人

　　從前有一個東方的國王，他很喜歡別人的諂媚，也喜歡稱他做富裕的國王。所以到皇宮來的人，都向國王稱頌，國王心裏快樂，就把珍寶賞給他們。但是，得到他封賞的人，一出宮門，就會被國王暗中遣派的侍臣跟着。等他們走到半路中

途，這些侍臣會把國王賞賜的珍寶都搶回來。

有一次，有一個表演雜技的人，到國王的宮裏來，表演他所能做的種種技藝，非常滑稽好看，國王開心極了，就額外多賞給他一些金銀珍寶。

當這個雜技人多謝了國王，辭別出宮門的時候，他騎上馬，卻把臉朝向國王，倒騎着馬出宮門去。

國王見了他這個樣子，非常詫異，吩咐侍臣，把他追回來，問他：「你為甚麼倒騎着馬走路？」

雜技人答道：「我這樣做，是因為防備陛下的侍從，把陛下給我的珍寶給搶回去。」

國王聽了他這句話，慚愧得臉都漲紅了，他不敢叫人搶劫他的珍寶。於是雜技人竟然制服了出爾反爾的國王，得了許多珍寶，滿載而歸了。

★ 1) 文中第一段，主要寫了甚麼內容？　　　　　　　　　　（　　）

A. 介紹了一位愛被人稱頌的國王，性格吝嗇，常把賞賜給別人的金銀財寶搶回來。

B. 介紹了一位喜歡諂媚的人，得到國王封賞後，金銀財寶被搶劫的事情。

C. 介紹了國王的喜好、性格特點和大臣們對國王的態度。

D. 講述了相信國王的人們的不幸遭遇。

2) 表演雜技的人為何引起國王的注意，而且國王還讓人把他叫回來？
　　　　　　　　　　　　　　　　　　　　　　　　　（　　）

A. 因為他的表演非常精彩。

B. 因為他充滿熱情地讚頌國王的功績，令國王十分高興。

C. 因為他的表演精彩，而且倒騎着馬離開皇宮。

D. 因為他向國王直接提出了批評。

3) 第五段講述了雜技人 _____ 。

4) 最後一段中，「出爾反爾」是指國王怎樣的行為？　　　（　　）

A. 答應了放雜技人回家，後來卻又把他叫回去。

B. 答應了要把珍寶賞賜給他喜歡的人，卻根本沒做到。

C. 指國王不肯讓讚頌他的人留在皇宮。

D. 指國王把金銀財寶賞賜給表演的人，卻想在半路上搶回來。

5) 這篇文章講述了一個怎樣的故事？請試試把故事概括出來吧！

_____

_____

6) 讀完這個故事，你認為雜技人有哪些特點？下面哪一項說得不對？
　　　　　　　　　　　　　　　　　　　　　　　　（　　）

A. 機智　　　B. 不畏權威　　　C. 貪婪　　　D. 熱愛表演

○　我完成所有題目了嗎？

○　我有看清楚題目中的關鍵詞嗎？

○　我有哪一題不肯定？仔細看看上下文，再想一想！

○　所有的選擇都是我想選的嗎？

我做對了

_____ 題！

時間：

_____ 分鐘

狐狸請客

有一天，山中的狐狸，無緣無故，忽然請起客來。牠所請的客人，倒也特別，是與牠素不同道的白鶴。白鶴見狐狸請客，欣然赴約。到了山中，互相寒暄過後，狐狸端出菜來，別無它物，只有一碟子葷湯。狐狸讓白鶴先嚐，見白鶴站着不動，牠便伸出又長又大的舌頭，自顧自吃了。白鶴只好用牠瘦長的尖嘴，在碟子邊嚐得少許湯味，然而肚子卻空空如也。此時白鶴想出了一條計；頓時轉怒為喜，稱讚狐狸的菜，又好又多，不覺飽到十二分了。飯過之後，白鶴也約了日子，請狐狸到牠家去吃飯，算是謝席的意思。狐狸不知是計，也答應了。

到了那日，狐狸興致勃勃地到白鶴家去。白鶴預備了一個長頸細口的瓶子，裝了半瓶的豆，招待狐狸。不用說，狐狸的嘴，是伸不進去的；此時只好讓白鶴獨自享用了。狐狸正要發牢騷，卻想到前日自己請客，也是不顧客人，只顧自己的，便只好耐着性子，客客氣氣，看白鶴吃完了，告別回去。

1）狐狸邀請白鶴來做甚麼呢？ （　　）

A. 請白鶴到家裏聊天。

B. 請白鶴到家裏吃飯。

C. 請白鶴一起到家附近遊玩。

D. 邀請白鶴互相切磋廚藝。

2）狐狸是怎樣招待白鶴的？請你把這個過程寫一寫吧！

狐狸用 ＿＿＿＿＿＿＿＿ 招待白鶴。白鶴 ＿＿＿＿＿＿＿＿ ，狐狸自己用 ＿＿＿＿＿＿＿＿ 吃完了。

★ 3）白鶴後來想到了一條怎樣的妙計？ （ ）

A. 用特別的方法吃到了盤子裏的食物。

B. 用狐狸無法吃到食物的容器去回請狐狸，讓牠也嚐嚐只能看不能吃的滋味。

C. 用同樣的食物招待狐狸，讓牠知道那食物有多麼不好吃。

D. 稱讚狐狸廚藝高超，令狐狸願意把食物分享給牠。

★ 4）這個童話故事的主要內容是甚麼？ （ ）

A. 狐狸宴請白鶴，卻完全不考慮白鶴是否能吃到食物，後來白鶴也用同樣的方法回請狐狸，讓狐狸受到了教訓。

B. 狐狸邀請白鶴到家裏玩，但沒有用好的食物招待白鶴，後來遭到了白鶴的報復。

C. 白鶴與狐狸從好朋友變成仇人，互相討厭對方的經過。

D. 白鶴與狐狸比拼廚藝，白鶴最後反敗為勝。

5）中國人有一句話，非常適合用於描述白鶴回請狐狸的做法，你能想到嗎？試試寫下來吧！

＿＿＿＿＿＿＿＿＿＿＿＿＿＿＿＿＿＿＿＿＿＿＿＿＿＿＿＿＿

6）這個故事中的狐狸，性格上有甚麼特點？以下哪一點不正確？（ ）

A. 猶豫不決 　　 B. 自私 　　 C. 愚蠢

○　我完成所有題目了嗎？

○　我有看清楚題目中的關鍵詞嗎？

○　我有哪一題不肯定？仔細看看上下文，再想一想！

○　所有的選擇都是我想選的嗎？

我做對了

＿＿＿＿＿題！

時間：

＿＿＿＿＿分鐘

你知道嗎？

在歐洲，有著名的寓言故事集《伊索寓言》、《克雷洛夫寓言》、《列那狐的故事》等等。但你能想到中國古代有哪些寓言集嗎？好像很少呢！這是為甚麼？

這是因為在古代中國，寓言往往是散落各家學派的著作中，一開始並沒有用某一本專門的書籍去記載。早在三千多年前，寓言的雛形就出現在古文典籍《尚書》中。後來春秋戰國時期各種思想學派興盛，諸子百家各有各的主張和哲理。為了把道理講得更清楚，更準確地描述自己的學說和主張，他們常常用生動而深刻的故事和比喻，慢慢就形成了「寓言」這種借事說理的特殊的文學體裁。

我們熟悉的「愚公移山」、「刻舟求劍」、「畫蛇添足」等寓言，就分別出自《列子》、《呂氏春秋》和《戰國策》等大師語錄或記錄歷史的書籍。這些故事都是內容生動，寓意深刻。到了漢朝，又出現了總結過往經驗教訓勸誡人們的寓言，例如「葉公好龍」、「塞翁失馬」、「對牛彈琴」等膾炙人口的篇章，而它們出自《說苑》、《淮南子》等等小說集或宗教書籍。到了唐宋時期，寓言的諷刺性加強了，文人們寫的寓言獨立成篇，往往在諷刺某種社會現實，比如歐陽修寫的《賣油翁》、柳宗元寫的《黔之驢》等等。

想知道西方的寓言故事和中國古代寓言故事還有甚麼不同？那就請你好好讀一讀，想一想吧！

眼和手的對話

兩隻眼睛在流淚。

右眼說：「我們本來是黑白分明的好眼睛，看東西看得很清楚的，現在卻變得又紅又腫，還常常發癢呢！真難受！」

左眼接着說：「對啊，我們現在看起東西來模模糊糊的，又怎能不傷心落淚呢？」

「都怪那兩隻手！牠們東摸西摸的，弄得又髒又黑。牠們整天不是用黑指甲，就是用髒手背來擦我們，給我們帶來病菌，真把我們害苦了！」左右眼睛生氣地嚷道。

「這怎麼能怪我們呢？難道我們喜歡骯髒嗎？」雙手申辯道：「我們的小主人又貪玩又懶惰，把我們弄髒了卻又不洗手，我們有甚麼辦法呢？」這時候，小主人被它們的話吵醒了，兩隻黑手再也不能忍受，突然變得很大，拼命地追着小主人，小主人感到害怕極了，他跑呀跑，希望能擺脫大黑手……

「啊！不要……」小主人驚慌得醒來了。他發現原來是一個夢，才稍為定下心來。他垂着頭坐在牀上，看看自己的一雙手，又跑到鏡子前，看到一雙又紅又腫的眼睛，他慚愧地想：以前我真的不愛清潔，不注重個人衛生。以後我一定勤洗手，不再用髒手擦眼睛。

★ 1）文中提到兩隻眼睛為甚麼要流淚？ （ 　 ）

因為

A. 它們受傷了。

B. 小主人經常傷害它們。

C. 它們變得又紅又腫，看東西變得模糊。

D. 小主人的手並不喜歡這兩隻眼睛。

★ 2）第四自然段主要講述了甚麼內容？ （　　）

A. 講述了眼睛和互相傷害的經過。

B. 講述了兩隻眼睛紅腫和視力模糊，是因為髒手擦眼睛帶來病菌。

C. 講述了雙手總是很髒的原因。

D. 講述了兩隻眼睛傷心的原因，並且批評了雙手做得不對。

3）雙手的申辯，實際上表達了甚麼意思？ （　　）

A. 由於小主人又懶惰又貪玩，不愛洗手，才導致雙手總是那麼髒。

B. 雙手其實並不是故意想傷害雙眼，只是它們懶惰，沒有經常洗手而已。

C. 小主人不愛惜眼睛，不能怪雙手。

D. 眼睛太嬌氣了，雙手很難不傷害到它們。

★ 4）讀完這個故事，我們可以知道，雙手和雙眼的對話，實際上是
_____。 （　　）

A. 小主人的一個夢。

B. 小主人睡熟之後才悄悄發生的。

C. 在小主人面前一場激烈的爭吵。

D. 小主人與雙手雙眼之間的一場討論。

5）從最後一段的內容看，我們可以知道小主人對自己的行為習慣的態度

是怎樣的？請你寫一寫吧！

_____

6）你能把這個小故事的內容概括出來嗎？根據以下詞語的提示，來試
　　一試！

懶惰又貪玩　不愛洗手　手背髒　擦眼睛　又紅又腫　發癢
視力模糊　嚇醒　決心改過　控訴　申辯

_____

_____

_____

_____

7）當小主人決心改過之後，他會怎麼做呢？雙手和雙眼又會怎麼說呢？
　　你願意展開想象的翅膀，為這個故事續寫結局嗎？

_____

_____

_____

_____

○　我完成所有題目了嗎？

○　我有看清楚題目中的關鍵詞嗎？

○　我有哪一題不肯定？仔細看看上下文，再想一想！

○　所有的選擇都是我想選的嗎？

我做對了

_____題！

時間：

_____分鐘

我的家在哪裏

我的家住在公共屋邨。房子只有幾百呎，但是住了我們一家六個人：爺爺奶奶、爸爸、媽媽、我和弟弟。每天早上，我和弟弟很早就會醒來，因為爺爺奶奶、媽媽都已經起牀了。爺爺到樓下晨運，奶奶起來看電視，媽媽則為一家人準備早餐。各種叮叮噹噹的聲音，變成了我和弟弟的鬧鐘。我同弟弟睡在客廳的兩用沙發上，開、合沙發牀，是我們每天早晚必做的功課。

在地鐵站附近收到報紙，我們看到上面的賣樓廣告，原來不用兩百萬元就能在內地買一間差不多一千呎的房子，可是在香港，這幾乎是不可能的事情。弟弟常常指着廣告的房子問我：「哥哥，我們將來能不能住到內地去呢？在那邊好像很容易就能買大房子。我真想在房間裏睡覺啊！」

有一次，我笑他：「那你怎麼不看看那些英國、澳洲的樓盤，如果住在那裏，我們還可以直接讀外國的大學呢！」

弟弟歎了一口氣說：「哥哥，我也知道不可能了。你就別說笑話啦！」

我看着他認真地說：「好的房子，自然是我們奮鬥的目標。不但是爸爸、媽媽正在賺錢，努力養家，我和你也要勤奮學習，好好讀書。將來不論找到甚麼工作，只要我們認真踏實地工作，一定會有成功的一天。到時就能賺多點錢，與一家人住到大一點的房子裏。」

弟弟追問：「那麼說，我們真的有可能住到大房子裏？」

我拍拍他的肩膀：「我相信只要努力，我們一定會有機會的。而且，只要一家人健健康康，開開心心，不論我們的房子

在哪裏，有多大，那都是最讓我們安心的家啊！」

　　弟弟聽了，眨眨眼睛說：「當然！如果沒有夜晚的『被窩打機』節目，我又怎麼能睡個安樂覺呢！」

　　說完，我與他不約而同哈哈大笑起來。

1）為甚麼我和弟弟每天都會很早起牀？　　　　　　　　　（　　）

　　A. 因為我和弟弟每天都有早起運動的習慣。

　　B. 因為爺爺奶奶和媽媽都很早起牀，我和弟弟會被吵醒。

　　C. 因為我們要起牀為家人準備早餐。

　　D. 因為我和弟弟必須早點起牀才可以趕上校車。

★ 2）從第一段中，可以看出「我和弟弟」的家是怎樣的？　　（　　）

　　A. 佈置得十分溫馨，井井有條。

　　B. 各人都有自己獨立的空間，十分舒適。

　　C. 雖然空間不大，但父母還是保證了我和弟弟各自有休息地方。

　　D. 地方狹小，我和弟弟都沒有自己獨立的私人空間。

★ 3）在路上我和弟弟的對話，表現了弟弟怎樣的願望？　　（　　）

　　A. 希望有自己的房間，可以有獨立的休息空間。

　　B. 希望到內地去生活，離開目前的小房子。

　　C. 希望一直與家人住在一起。

　　D. 希望與哥哥一齊努力賺錢，讓家人住上大房子。

4）對於弟弟的希望，「我」的想法是怎樣的？你能幫「我」寫出心聲嗎？

_____

_____

_____

5）你認為這篇文章主要講述了甚麼內容？下列哪一項最合適？ （ 　 ）

A. 記述「我和弟弟」之間的有趣對話和活動，表現了家人之間和睦的感情。

B. 通過住在狹小房子裏的「我和弟弟」的對話，表達了「我們」對住上大房子的渴望。

C. 記述了「我和弟弟」的日常生活，並表達出對我們對通過努力學習改善生活的決心。

D. 通過「我和弟弟」的對話，反映出年輕人與老一輩之間對生活的不同看法。

6）文中有一句話，生動地表達出「我和弟弟」之間親密友愛的感情，請你用「_____」在文章中找出來吧！

○　我完成所有題目了嗎？

○　我有看清楚題目中的關鍵詞嗎？

○　我有哪一題不肯定？仔細看看上下文，再想一想！

○　所有的選擇都是我想選的嗎？

我做對了

_____題！

時間：

_____分鐘

椋鳥的惡作劇

椋鳥是姿態動人、羽毛翩翩的鳥，卻也是鳥類中數一數二的惡漢。

草場上鳥類羣集的時候，你可仔細地觀察那椋鳥。牠若覺得自己要產卵了，並不和別的鳥一樣未雨綢繆去經營牠的巢穴，牠是另有計劃的。

牠離開了鳥羣，獨自在林中巡邏着，去尋找小鳥的巢穴，如同竊賊一般地挨身而入，好像知道這事是違背良心而卑鄙似的。不久牠就找到一個小型鳴禽的窩。這種膽怯的林居小鳥，或許已經產了二三個卵在窩中，那椋鳥就急忙地也產一個卵在那裏。牠產後逕自飛去，再也不回來了。可是此後三四天，牠又到其他小鳥的窩中把這種惡作劇重演一番。

那小鳥孵卵時，把這個異樣的卵也一同孵着。原來椋鳥的卵比那種小歌鳥的卵孵化的日期大約早一兩天，這也是椋鳥的毒計。小鳥們尚未孵化，這個冒充的客人早已經破殼而出。牠自然比其餘雛鳥要肥大而強健，每次母鳥捉了蟲子回來，總是那小椋鳥張着口的頭伸得最高，所以牠奪得了大多數的食物。

那些雛鳥，有些因為飢餓害病而死亡，有些被那隻異鳥逐出窩外。不到幾天，就只剩得一隻肥壯的雛鳥，有時比餵養牠的母鳥還大一倍，擠滿了那個窩。到後來羽毛漸豐，牠就翩然飛到草場之上，去會見牠的兄弟姐妹 —— 那些也是以同樣的盜竊的方式，而被哺育長大的椋鳥們。

1）文中有一段主要概括了椋鳥的特點，你知道是哪一段嗎？　　（　　）

　　A. 第一段　　　B. 第二段　　　C. 第三段　　　D. 最後一段

★ 2）第三段的主要內容是甚麼？　　　　　　　　　　　　　　　（　　）

　　A. 介紹了椋鳥的雛鳥是怎樣搶奪其他鳥兒的食物。

　　B. 介紹了椋鳥每到產卵的時候，就會像強盜一樣霸佔其他鳥兒的窩的
　　　　特點。

　　C. 介紹了椋鳥產卵的特點，牠會把自己的卵產在經過牠挑選的其他鳥
　　　　兒的窩中。

　　D. 講述椋鳥覓食和產卵時的特別表現，展現牠好看的外表下卻有小偷
　　　　一樣的行為。

3）文章介紹了椋鳥的孩子的哪些特點？下面哪幾項合適？　　（　　）

　　A. 比其他雛鳥更早孵出來。

　　B. 體型比其他雛鳥更肥大強健。

　　C. 吃得比其他小鳥更多。

　　D. 長得比其他小鳥更美麗。

4）這篇文章為我們介紹了 ＿＿＿＿＿＿＿＿＿＿＿＿＿＿＿＿＿＿＿ ，
　　並介紹了椋鳥的雛鳥 ＿＿＿＿＿＿＿＿＿＿＿＿＿＿＿＿＿＿＿ ，
　　直到長大離開鳥巢去尋找同伴的習性。

5）看完這篇文章，你認為作者對椋鳥的態度是怎樣的？　　　　（　　）

　　A. 讚賞，佩服。　　　　　　　B. 既喜愛又惋惜。

　　C. 非常痛恨。　　　　　　　　D. 討厭，不喜歡。

★ 6）作者對椋鳥的態度，主要是因為甚麼而產生的呢？ 　　　　（　　）

　　A. 椋鳥的外表非常不好看，令人一看就生厭。

　　B. 椋鳥霸佔其他鳥巢產卵，牠的雛鳥又不管其他小鳥的死活而爭搶更多食物和鳥巢空間的行為。

　　C. 椋鳥專門偷竊其他小鳥產下的卵的行為。

　　D. 椋鳥產卵後就離開不管了，任由自己的雛鳥靠偷竊其他小鳥的食物來維持生命的行為。

○ 我完成所有題目了嗎？	我做對了
○ 我有看清楚題目中的關鍵詞嗎？	＿＿＿＿＿題！
○ 我有哪一題不肯定？仔細看看上下文，再想一想！	時間：
○ 所有的選擇都是我想選的嗎？	＿＿＿＿＿分鐘

談談候鳥

　　整年留在我們這個地方的鳥，我們把牠們叫做「留鳥」。

　　春天到來，氣候轉暖，有幾種鳥，曾經飛向他處的，又飛了回來，而且要和我們一同度過夏天，我們就把牠們叫做「夏留鳥」。

　　秋末冬初，有幾種鳥，從旁的地方，飛來我們這個地方，而且和我們共同度過冬天，我們又把牠們叫做「冬留鳥」。這

裏所說的「候鳥」，是指因氣候的寒暖而轉移地方的幾種鳥。

可是候鳥轉移地方的原因，不一定是因為氣候，科學家正在研究中。

有的科學家認為：候鳥轉移地方的目的，是獲取食物。在冬天，北方寒冷，食物稀少，所以向南飛去；待到春天，北方轉暖，食物漸多，就又飛回北方。有的科學家認為：有些候鳥的家，原來是在北方的，因為受不住寒冷，過不慣冰天雪地的生活，才逐漸向南方遷移。有的科學家認為：在某一個時期，各種候鳥，大批就食在和暖的南方，以致覓食困難，因此大舉北飛，到北方去生活。有的科學家認為：牠們為着生育，為了雛鳥的食物問題，才轉換地方，想在新的地方，得到大量的食物。

總之，候鳥的轉徙，究竟為着甚麼？現在還沒有一定的說法。

但在候鳥的轉移中，有許多奇異的故事，說起來卻很有趣。

北極燕鷗，從南極飛向北極，在北美洲北冰洋一帶雪地下築巢生育，待雛鳥成長後，又飛返南極，這行程，總共二萬二千哩。

金雎鳩，冬天住在巴西的南部，夏天就飛到北美洲的北部海岸；有時，牠們會不停止地繼續飛行二千哩。

在天氣和暖，又不颱風的日子，普通小鳥每日能飛行二十三哩以上。

知更雀，有時每天飛八哩，有時每天飛十五哩，有時每天飛七十哩。

有的鳥，每小時可飛行二百哩：一架飛機的速度，有時也不過如此啊。

1）根據文章內容，我們可以知道「留鳥」是指 _____

_____ ，

可以分為 _____ 和 _____ 。

2）文章提到候鳥不斷轉移地方的目的是甚麼？　　　　　　　　　（　　）

　　A. 尋找氣溫適合的棲息地。

　　B. 需要尋找合適的產卵處。

　　C. 為了獲取足夠的食物。

　　D. 科學家還沒有一定的說法。

★ 3）第五自然段主要講述了甚麼內容？　　　　　　　　　　　　（　　）

　　A. 列舉了科學家們關於候鳥遷移目的的幾種觀點。

　　B. 介紹了候鳥每年遷移的最主要的原因。

　　C. 講述了研究候鳥遷移的目的和過程。

　　D. 介紹了常見的幾種候鳥。

4）文章介紹了幾種候鳥遷移時的特別之處，請你連一連吧！

　　知更雀　　　　　　可以不停止地作長途飛行

　　北極燕鷗　　　　　每天的飛行速度都不一樣

　　金鵰鳩　　　　　　可以作超過二萬哩的長途飛行

★ 5）本文主要介紹了甚麼內容？　　　　　　　　　　　　　　　（　　）

　　A. 候鳥遷移的習性和飛行速度。

　　B. 候鳥遷移的習性和一些趣事，以及科學家探究其原因的不同觀點。

　　C. 候鳥和留鳥的定義，以及它們各自的生活習性。

D. 候鳥遷徙的主要路線和飛行特點。

○　我完成所有題目了嗎？

○　我有看清楚題目中的關鍵詞嗎？

○　我有哪一題不肯定？仔細看看上下文，再想一想！

○　所有的選擇都是我想選的嗎？

我做對了

＿＿＿＿＿題！

時間：

＿＿＿＿＿分鐘

你知道嗎？

在鳥類的世界中，有很多長跑選手。上文提到的北極燕鷗，遷徙距離可達 2 萬公里，是已知遷徙距離最遠的鳥類，不過中途牠是會停下歇息的。

鳥兒

而斑尾塍鷸（粵語讀如「成核」。其中「鷸」應讀如粵語中「果核」的「核」字音）則不一樣。自從一隻編號為 E7 的斑尾塍鷸被人類救下，放上一枚追蹤器後，人類對這種鳥兒的認知就翻開了新的一頁。

斑尾塍鷸是一種候鳥，牠們每年都要在北半球和南半球之間往返。從跟器傳回的信息看：2007 年 3 月，斑尾塍鷸（E7）7 天 7 夜不眠不休跨越太平洋，連續飛行了近 10,300 公里，一口氣從新西蘭飛到中國東北的鴨綠江口濕地國家級自然保護區。2007 年 5 月，牠以同樣的方式飛了 6 天 6 夜，到達了繁殖地阿拉斯加凍土帶，行程近 6,500 公里。2007 年 8 月，牠又 8 天 8 夜不吃不喝不睡不停靠，跨越太平洋，連續飛行了近 11,700 公里。打破了 3 月份自己創下的連續飛行紀錄。然而，這並非斑尾塍鷸的極限。

來自美國奧杜邦協會的科學家發現，一隻被安裝了追蹤器的編號為 4BBRW 的斑尾塍鷸從北美洲的阿拉斯

加起飛，11 天之後到達了南半球的新西蘭，期間牠就沒有停下過扇動的翅膀，橫跨了 12,200 公里的距離。這一連續飛行的距離超過了世界上所有載人戰鬥機的航程，也超過了大多數民航客機和轟炸機的航程，可以說這種鳥類比飛機還能飛。牠飛行的速度並不是很快，每小時大約為 45 —— 90 公里，最讓人吃驚的是牠居然能在 11 天中不吃不喝連續飛行。人們都十分好奇，這到底是怎麼做到的呢？

如果你也對這些令人驚歎的小鳥們有興趣，那就多看書多觀察多查資料吧，說不定下一位鳥類學家就是你呀！

第四課：寫作知識
也很重要

難在哪裏？

辨析和應用各種語文知識

考考你：
你能分清「時間發展順序」和「事情發展順序」嗎？

看到這個問題，不少小朋友會說：這還不簡單？凡是有時間詞語的文章，就是按時間順序去寫的呀！

但原來老師說：不對。除了留意時間性詞語，還要看看文章情節之間的關係。

再來考考你：「我的身上仿佛有千斤的重擔。」這個句子用了甚麼修辭手法呢？很多小朋友都認為用了「比喻」。

而答案是：誇張。「比喻」這種修辭手法最重要的特徵，是要有「本體」和「喻體」。在這句子中如果有本體，那就是「我的身上」，可「喻體」是甚麼？在這裏並沒有喻體，只有那種像背負着千斤重擔一樣沉重的感覺。而人身能背負千斤重擔嗎？顯然不能，所以這裏用的修辭手法是「誇張」。

在閱讀理解的題目中，有不少題目牽涉到這些寫作上常用的知識。有的小朋友可能會問：為甚麼要考查這些知識呢？這對理解文章有甚麼用處？

其實，在閱讀中綜合運用這些知識，與我們的寫作息息相關。只有我們在閱讀中能理解作者是怎麼綜合運用這些寫作知識的，才能加以模仿，在自己的作文中運用起來：

- 了解文章寫作順序，能幫助我們更好地理解作者的思路，有利於我們模仿優秀範文；

- 弄清各種修辭知識，能幫助我們了解作者對文章所描寫事物的態度和感情。

- 最重要的，是幫助我們寫作文時寫得更有條理，更流暢生動。

在這一課中，我們着重練習的是「寫作順序」和「修辭手法」這兩種寫作知識。

試試看！

如何能根據自己掌握的寫作知識去幫助理解文章？請你試試：

- 當老師通過課文教授語文、寫作的知識時，多讀課文，多思考和體會；

- 學習課文時，理清楚細節內容之間的關係，標出：起因、經過、結果。思考一下：作者是按照怎樣的思路去安排內容的呢？

- 記住我們常用的修辭手法 —— 比喻、擬人、反覆、排比 —— 它們各自的特點是甚麼。嘗試看看以下的表格，來分清楚它們該怎樣用吧！

常用修辭手法	定義	判斷準則	標誌性特徵（提示詞）	例子
比喻	• 一種通過聯想，把兩個本質上根本不同的事物由某一個相似點而直接聯繫於一起的修辭手法。 • 在小學三、四年級階段，我們看到的多數是「明喻」、「暗喻」這兩種比喻手法。	有喻體、本體	明喻： 仿佛、好像、似乎、如同、好像……一樣 暗喻：是、成了、變成	明喻： 濃密的樹蔭仿佛一把大傘，為我們帶來陰涼。 暗喻：她是一朵柔弱的小花，從小在溫室中長大。
擬人	將人之生命情狀移植於物，使語言表達更生動形象的修辭手法。	給事物予人的動作、神態等。	在描述事物時用到寫人的動作、神情、特徵等的詞語。	小草堅持不懈地向上頂呀，頂呀，終於把頭伸出大地，看到了美麗的藍天。
反覆	用同一語句，一再表達強烈的感情的修辭手法。	必須是同一語句反覆出現	用到一模一樣的句子/字詞/短語	前進，前進，前進！

94

排比	兩項或兩項以上同性質同範圍的事物或現象，用組織相似的句式逐一列出的修辭手法。	列舉的事物或現象應該是相似或在同範圍內的。 有兩項或兩項以上。	類似的句式、同類事物或現象	燕子去了，有再來的時候；楊柳枯了，有再青的時候；桃花謝了，有再開的時候。

- 在閱讀文章時，多找找「仿佛」、「好像」、「……成了……」、「如同」等詞語，想一想：這句話有沒有用上「比喻」的修辭手法呢？如果用了，這個句子的表达效果與不用時有甚麼區別？

- 在看到各種事物與人的行為特點、性格產生聯繫時，想一想，這樣寫屬於擬人的修辭手法嗎？文章、句子是否有因為用了擬人手法而變得更形象，更容易令人有同樣的感受？

要掌握這些知識并運用，恰恰體現了閱讀中所需的「重整」和「評鑒」兩種能力。小學三、四年級的孩子們需培養初步的評鑒能力，這正需要多讀、多體會才能鞏固這些課堂上學到的知識。所以，除了認真學習課文以外，多讀課外讀物也有很大幫助。

閱讀策略怎麼用？

在閱讀中運用「重整」與「評鑒」這兩種能力，對小朋友來說可是更高一層的要求呀！但請你相信，只要做好適當的訓練，你是一定能夠學好的。一起來看看吧！

你的閱讀能力	你的策略	你需要做怎樣的訓練？
重整──分析理清篇章內容關係	1）找出重點段 2）列表格幫助理解內容 3）利用故事框分析內容	1）根據篇章內容分段、分層，并概括段意。 2）概括全篇內容，明白事情的起因、經過、結果。 3）理清篇章中前後內容的關係。
評鑒──鑒賞表達技巧	4）根據已有知識理解內容 5）提問評鑒問題幫助投入閱讀	1）找出體現文章寫作順序、運用修辭手法的關鍵詞。 2）鑒賞精妙的字詞、精彩的句子。 3）找出句子、文段中的修辭手法。

常犯哪種錯？

兩張演奏會的門票

晚飯的時候，爸爸一邊吃，一邊嘀咕媽媽做的菜鹹了點。媽媽下班回家，辛辛苦苦做好了一頓飯，爸爸居然還說三道四，媽媽當然不高興，一氣之下，就不理睬爸爸了。

雖然爸爸幾次向媽媽道歉，但媽媽就是不理睬他。怎樣才能使他們和好呢？經過我和哥哥商量後，我們想出了一個辦法。

星期六，我和哥哥下課後，便到香港文化中心買了兩張交響樂演奏會的門票。我們回到家裏，爸爸、媽媽還沒有回來。我和哥哥焦急地等待……突然，我們聽見「砰」的關門聲，傳來了爸爸的腳步聲。哥哥揚了揚手中的票，說：「爸爸，這張是明天晚上的交響樂演奏會門票，我的同學因為有要事不能去，所以把票給了我，我不太喜歡聽交響樂的，把它送給你吧。」爸爸是個「音樂迷」，當然接了門票。過了一會兒，媽媽也回來了。哥哥對媽媽說了同樣的話，媽媽也接過門票，只說了聲：「好。」便進了廚房。

星期日晚上，爸爸、媽媽先後出門去了，只剩下我和哥哥在家。我們心裏真是既緊張又害怕，擔心爸爸、媽媽會責怪我們自作主張，那豈不是弄巧成拙？

晚上十一時多了，我們聽到開門的聲音，爸爸、媽媽一起回來了。爸爸伸手摸摸我們的頭，笑說：「你們這兩個『鬼靈精』！」我和哥哥不約而同地偷看媽媽的表情，只見她臉帶微

笑。我和哥哥一齊歡呼：「啊，爸爸、媽媽和好啦！」忽然哥哥問我：「咱倆誰的功勞最大？」我說：「兩張演奏會門票！」

典型錯題：「階梯閱讀空間」出錯率：42%

本文是按照甚麼順序記敘的？

A. 空間轉換順序

B. 時間的先後順序

C. 事情發展順序

D. 事物的分類順序

正確答案: C

錯在哪裏？

此題很多同學選擇了 B ──「時間的先後順序」。他們很可能是看到文章中有「星期六」、「星期日晚上」、「晚上十一時多了」等表示時間的詞語，就認為這是一篇按照時間順序去寫的文章。

然而此題的正確答案是按照「事情發展順序」去記敘。的確，在寫記敘文時，時間先後順序與事情發展順序有時很難分辨。要判斷文章是按事情的發展順序寫，還是按時間順序寫，其實不能單單看段落中有無明顯的時間性詞語。

本身在事情發展順序的寫法中，就會體現到時間的先後。但用這種順序去寫作時，整體內容會更側重於事情內在的邏輯關係，即起因 ── 經過 ──

結果。而若按時間先後順序去寫文章，則往往不會很注重事情的內在邏輯關係。

在這篇文章中，我們能比較清晰地看到：起因（爸媽因為做飯的問題而吵架）── 經過（我和哥哥想出辦法創造機會讓爸媽和好）── 結果（爸媽真的和好了）。整件事情發展的邏輯關係非常明確，所以應該是按照事情發展順序去寫的。

英美的知更雀大不相同（節選）

同樣都是知更雀，英國的和美國的卻是兩種完全不同的種類。

……

如果是熟識鳥類的英國人，看見美國人稱知更雀是英勇的健兒，春天的使者，雨天的歌者，櫻桃的獵食者，一定會非常驚訝。英國的知更雀絕對不是這樣的，牠們是膽怯的林中小鳥。英國人在閱讀知更雀的故事時，如果看到牠要在庭園中間啄食蚯蚓，在園林的灌木叢中做巢，就已經很稀罕了。對英國知更雀的生活描寫，如果被熟識鳥類的美國人看見了，同樣會非常驚訝。

典型錯題：「階梯閱讀空間」出錯率：73%

第二段的第一句用了哪種修辭手法？

A. 誇張　　　B. 排比　　　C. 比喻　　　D. 擬人

正確答案：B. 排比

錯在哪裏？

此題很多小朋友選擇了 C 或 D。不少小朋友看到句子中有「知更雀是……」的句型，認為這是使用了暗喻；也有一些小朋友認為把知更雀比作「健兒」、「使者」、「歌者」、「獵食者」，這些都是人的身份，所以本句用了擬人的修辭手法。

然而正確答案是「排比」。因為在這句話中有「稱知更雀為……」。這就代表了其實這裏是間接引用了美國人對知更雀的稱呼。而有了「稱為」這種描述，就不能說直接用了某種修辭手法了。因為這只是在引述一些「稱號」。這一連串文字結構相同而且類似的身份放在一起，實際上是用了排比的手法，給人鮮明的印象。讀完，你會不會深深感受到美國人對「知更雀」的讚賞？你一定會記住美國人對知更雀的評價有多麼高。這正是排比這種修辭手法帶來的好處。

所以，當我們判斷文章用了怎樣的修辭手法時，不但要看關鍵的詞語，要判斷是否符合修辭手法的特徵，還要仔細看看句子的內容。一定要多想想，理清句子結構或文章內容，才能作出正確的判斷。

特訓場

得過且過

傳說從前在五台山有一種奇特的小鳥，名叫寒號鳥。牠全

身長着絢麗的羽毛，有四隻腳和兩隻翅膀，但不會飛。每天，寒號鳥都向別的鳥炫耀牠那漂亮的羽毛，牠一邊走一邊唱：「鳳凰不如我，鳳凰不如我！」

秋天，有些鳥飛到南方去過冬。留下來的鳥每天都辛勤勞動，儲備糧食，積極造窩，準備過冬。可是，寒號鳥卻仍然是遊遊逛逛，到處炫耀牠那五光十色的羽毛。

冬天，寒風呼嘯，雪花飄舞，別的鳥都換上了一身又厚又密的羽毛，寒號鳥那身漂亮的羽毛卻脫得光光的。夜晚，牠躲在石縫中，寒風吹來，凍得牠渾身直打哆嗦。牠不斷地叫着：「嗦囉囉，嗦囉囉，等到天明就造窩。」

可是，當寒夜過去，温暖的太陽照耀大地時，寒號鳥就忘記了昨夜的寒冷，忘記了造窩的決心，牠又高唱：「得過且過，得過且過！」

寒號鳥一直也沒有造窩，最後凍死在岩石縫裏。

1) 你能把寒號鳥和其他鳥兒在不同季節都有甚麼表現？你能把它們總結出來嗎？

	其他鳥兒	寒號鳥
平時		
秋天		
冬天		

2) 寒號鳥最後有造窩嗎？猜一猜這是為甚麼呢？選一選，然後寫下你的想法吧！

（　　）有　　　　　　　（　　）沒有

因為 _____

3) 在寒號鳥的話語中，作者用了怎樣的修辭手法來表現牠的性格？
（　　）

A. 誇張　　　B. 排比　　　C. 反覆

★ 4) 根據故事內容，你認為下列哪一項最適合形容寒號鳥的性格？（　　）

A. 只貪圖外表漂亮而怕吃苦，不願勞動，得過且過。

B. 非常愛美，非常注意自己在別人眼中的形象。

C. 懶惰，記性不好，自以為是。

D. 驕傲自滿，愛偷懶。

5) 你從寒號鳥的故事中，學到了甚麼道理？

我學到了 _____

O　我完成所有題目了嗎？

O　我有看清楚題目中的關鍵詞嗎？

O　我有哪一題不肯定？仔細看看上下文，再想一想！

O　所有的選擇都是我想選的嗎？

我做對了

_____題

時間：

_____分鐘

你知道嗎？

小朋友們讀完這篇文章，一定很好奇，世界上真的有寒號鳥嗎？

答案是：沒有。

與寒號鳥有關的故事，最早見於元末明初陶宗儀的《南村輟耕錄》中。根據當時對寒號鳥的描述——「有肉翅，不能飛，其糞便俗稱五靈脂」，人們找呀找，終於把目標鎖定在一種叫做「複齒鼯鼠」的小動物身上。

複齒鼯鼠屬於嚙齒類動物，是中國特有的物種，和我們都喜歡的松鼠還是親戚呢！在中國的南北方都能發現牠的蹤影，牠常常生活在海拔 1200 米左右的森林中。牠有漂亮的毛色，也「會飛」——這種「飛行」，是依靠牠嬌小靈活的身體、前肢和後肢中間演化出的一層飛膜，從高處想低處滑翔而實現的。因為這仿如飛行的活動特性，牠也被人們稱為「飛鼠」。牠的糞便，就是中藥材——「五靈脂」，有行血止痛的功效。

寒號鳥的故事用了比喻的手法來講述人們不該得過且過，要為了未來生活遇到的困難提前做準備的道理，而牠的原型——複齒鼯鼠卻大叫冤枉！雖然在故事中，寒號鳥是只喜歡炫耀漂亮羽毛而不事生產的懶惰形象，但實際上複齒鼯鼠卻是一種很會造窩、愛乾淨的小動物。牠會在高大喬木樹上或陡峭岩壁裂隙石穴中築巢，晝伏夜出。牠的巢穴中常用乾草鋪墊，在冬季還會

用柴草封閉以擋風寒。這跟故事中的寒號鳥可是完全相反的呢！還有一點非常很有趣，不管褐齒鼴鼠去到多遠的地方覓食，牠總會回到一個不居住的固定洞穴中排出大小便，這可真是一種愛乾淨、講文明的小動物呀！

大明和小明

大明和小明是孿生兄弟，他們在同一間學校、同一個班裏讀書。

大明和小明生得一模一樣，同學們常常分不出誰是哥哥，誰是弟弟。他們只知道，大明的語文全班最好，小明的數學全班第一，經常在語文堂上受表揚的是大明，經常在數學堂上受表揚的是小明。

一天晚上，大明和小明一起做作業。這天老師布置的作業特別多，大明照例先做語文作業，小明習慣先做數學作業，做呀做，大明做完了語文，小明也做完了數學。

他們不約而同抬頭看鐘，還有半個小時就到九點了，九點有他們愛看的電視連續劇。但是，大明還有數學作業沒做，小明還有語文作業未完成！怎麼辦？怎麼辦？

今晚的這一集可精彩呢，壞人快被抓到了，可是，作業沒做完，媽媽不會讓他們看電視的。大明碌碌眼睛，小明眼睛碌碌，一齊想出了辦法。

大明對小明說：「我把語文作業給你抄……」小明對大明說：「我把數學作業給你抄……」

抄當然比慢慢想、慢慢算快很多，半個小時足夠了，這樣，不就可以趕在九點看電視了嗎？兩兄弟高興地互相擊了一下掌。

大明拿過小明的數學作業正要抄，可是又猶豫了；小明拿過大明的語文作業正要抄，想了想又放下了筆。他們腦子裏想着同樣的問題：抄別人的作業對自己的學習有害無益，而且還是一種不誠實的行為，不可以這樣做！

於是，大明把數學作業本還給了小明，埋頭埋腦做數學作業；小明把語文作業本還給了大明，認認真真做語文作業。大掛鐘「噹噹」敲了十下的時候，大明的數學作業做完了，小明的語文作業也做完了。小明邊收拾書包邊惋惜地說：「不知那壞人抓住沒有？」

這時媽媽走過來說：「放心吧，我已經在網上找到了這套劇集的播放平台，今晚這一集很快就能在網上看到了！」

大明和小明高興得齊聲叫：「謝謝媽媽！」

1）根據文章內容，下面這句話是否正確？如對請打「✔」，如錯請打「✘」。

大明擅長做數學，常常受到老師的表揚，平時他總是先做數學作業。

（　　）

★ 2）這天晚上，當大明和小明分別做完語文和數學功課時，是幾點了？

（　　）

A. 八點　　　B. 八點半　　　C. 九點　　　D. 九點半

3）大明和小明最後有沒有看到自己最愛的連續劇？請你說一說。

（　　）有　　　　　（　　）沒有

因為 _____

4）這篇文章是按照甚麼順序去寫的呢？

_____

5）文中哪一句話，最能表達出大明和小明決定繼續做功課的原因？請你用「_____」在文章中找出來吧！

6）這是一篇記敘文，請你試試，把文章的內容主旨概括出來吧！

_____

_____

7）你在生活中，有沒有遇到像大明小明兄弟倆這樣的考驗呢？你是怎麼
   做的？與朋友或父母說一說，想想自己做得對不對？如果你比大明和
   小明做得更好，那可真要為自己鼓掌呢！

○ 我完成所有題目了嗎？

○ 我有看清楚題目中的關鍵詞嗎？

○ 我有哪一題不肯定？仔細看看上下文，再想一想！

○ 所有的選擇都是我想選的嗎？

我做對了

_____題！

時間：

_____分鐘

植物園裏看猴子

　　這植物園真廣闊！我和妹妹跟着父親，一直跑進去，只見
一片樹林，裏面有各種各樣的樹木，它們的葉兒非常繁茂，枝
幹又帶着籐蔓……樹上不斷地發出吱吱的聲音。

　　原來猴子就在這邊呢！樹幹上、樹枝上、葉片下，全藏着
小猴。有深黃的、有淺灰的、有大的、有小的、有不大不小的，
全是鬼臉魔眼兒，又淘氣，又可愛。有的毛猴真好玩。小圓腦
袋左搖右擺，小手兒摸摸這兒，抓抓那兒，沒事兒瞎忙。最好
玩的是母猴兒抱着一點點大的小猴子，真跟老太太抱小孩一樣。

妹妹往地上撒了一把花生。呵！東、西、南、北，樹上、樹下，全嘔嘔地亂叫，來啦，來啦，一五、一十、二十……數不過來。有的搶着花生，坐下就吃；小毛手兒把花生一顆一顆地往嘴裏送，小白牙兒咯吱咯吱地咬得又快又可笑。有的抓了些，跳上了樹，坐在樹枝上慢慢地咀嚼。有的搶不着，便向別個搶，兩個你抓我扯地打起來。一個頂小的猴兒，搶不着東西，呆在一旁，像要哭似的。我扔一隻香蕉給牠，牠就捧着一口一口地吃，有些大猴子要來搶，我不准牠們上來，用腳在地上一蹬，揚着手勢要打；那些猴子都被嚇走了。

東西全吃完了，小猴退到空地方去，彼此打着玩。我咬你的耳朵，你抓我的尾巴，打得滿地亂滾。有一個最頑皮的遮住眼睛，坐在那邊；另一個偷偷地從後面來抓，牠卻忽然一回身，伸手去捉拿，嚇得那後面的猴子亂逃亂躲。我們越看越有趣。

父親連聲催我們走，我們才勉強地離開了植物園。一路上許多東西，都沒有猴子那麼好玩。回家告訴媽媽，媽媽也覺得很有趣。

1) 在第一段中寫到「樹上不斷地發出吱吱的聲音」，這說明了甚麼呢？　　（　　）

A. 樹上有很多藤蔓互相纏繞，風吹過晃動時就會發出聲音。

B. 樹上躲藏着很多猴兒，牠們不斷發出吱吱的聲音。

C. 茂密的樹林中棲息着很多鳥兒。

★ 2) 第二段用了怎樣的修辭手法來描述猴兒們的外貌？　　（　　）

　　A. 對比　　　B. 比喻　　　C. 排比　　　D. 反覆

3) 第三段中，「東、西、南、北，樹上、樹下」是用 _____

_____ 來代表 _____ 。

4) 第三段主要是從甚麼方面描寫猴子們？　　　　　　　　　（　　）

　　A. 動作　　　B. 神態　　　C. 語言　　　D. 外貌

5) 在文章第二段中有一個比喻句，請你用「_____」把它找出來。
請想一想，這句話中是用甚麼比作甚麼？

這句話把 _____ 比喻為 _____ 。

6) 通過這篇文章，我們可以知道作者對植物園中的小猴兒，有怎樣的
看法？

_____

7) 你最喜歡哪種小動物呢？你有觀察過牠們嗎？你能像作者一樣，把牠
們可愛的形態、動作都寫下來嗎？

_____

_____

_____

○　我完成所有題目了嗎？

○　我有看清楚題目中的關鍵詞嗎？

○　我有哪一題不肯定？仔細看看上下文，再想一想！

○　所有的選擇都是我想選的嗎？

我做對了

_____ 題！

時間：

_____ 分鐘

你知道嗎？

《植物園裏看猴子》這段內容，出自著名作家老舍先生的一部長篇童話《小坡的生日》，本文有刪節和編改。這段內容屬於第十章，內容提到為了慶祝小坡的生日，爸爸、哥哥和妹妹一起陪小坡到植物園去遊玩。在植物園中，他們看到了小猴子們各種有趣的行為和可愛的神態，流連忘返，度過了快樂的一天。

老舍原名舒慶春，是中國現代一位很著名的作家，他的代表作有《四世同堂》、《駱駝祥子》等等，是中國現代文學史上一位非常重要的人物。可很多人不知道，原來老舍先生還嘗試寫過很多不同風格的小說，包括這部特殊的《小坡的生日》。它以生活在南洋（新加坡）的男孩小坡與他的妹妹仙坡為主人公，講述了小坡生活中的趣事。老舍借助小孩的口吻描述了南洋的種種生活，表達自己對當時南洋華人現實生活的看法，有嘲諷，有感慨，也有希望。故事中用「我（小坡）」的視角去看世界，提出了很多天真可愛的問題，例如「為甚麼妹妹是女孩呢？」、「為甚麼妹妹不叫小小坡呢？」又描寫了在南洋生活的來自各國不同民族之間的交流和相處方式，既充滿童趣，又帶出大家和睦共處、平等相待的希望。

如果你對小坡的生活有興趣，就去欣賞一下老舍先生的這部長篇童話吧！

水伯

晚上十時左右，水伯手上的玫瑰花還剩下最後兩枝。他疲憊不堪地在一張沒人的長椅上坐下，把玫瑰花放在椅上，輕輕地揉着膝蓋，捶捶痠痛的大腿。

暮春的天氣就如孩兒的臉，剛才還是澄明的天空，忽然飄飄揚揚的灑起了綿綿小雨。冷風掠過，水伯打了個寒噤，不自禁地把脖子往下縮，似乎要把脖子縮進衣領裏。

在公園長椅上依偎着，像老有說不完的話兒似的情侶，受不了冷風的吹襲和小雨的施虐，一對接一對的從長椅上站起，急步離去。水伯望着他們逐漸遠去的身影，再望望身邊的玫瑰花，拿不定主意是否跟隨人們離開。

牛毛般的小雨仍在不停地飄灑着，水伯摸摸肩膀，衣服有點黏黏的感覺。又一陣冷風掠過，水伯打了個噴嚏，「算了，還是回去吧，為了二十元冷病了划不來。」

水伯站起來，正想離去。突然，隱隱約約的看見對面的大樹下有兩頂張開的雨傘，水伯又改變了主意。

「先生，小姐，買枝鮮花吧！」

雨傘一動也不動。

「先生，小姐，買枝鮮花，幫幫老人吧！」

小雨傘慢慢向上移動，露出一雙俊男美女的臉。他們望着站在冷風裏的水伯，又互相對望一眼。

「多少錢一枝？」長髮披肩面貌姣好的少女問。

「隨便多少也行，就算幫助老人吧！」水伯說。

少男從錢包裏拿出三張十元的港幣。

「謝謝！」水伯接過錢，拿着剩下的最後一枝玫瑰向另一

> 頂雨傘走去。突然，他又折足回來，把最後一枝玫瑰遞到少女手上：「送給你的，小姐。不要錢。」說完，水伯大步離去。

1) 文章中的「水伯」在公園 _____ ，所以一直到晚上十時還沒離開。

2) 請把第二段中用上了「比喻」這種修辭手法的句子用「_____」劃出來。

★ 3) 第三段的第一句話中，運用了甚麼修辭手法？ （　　）

　　A. 比喻和擬人

　　B. 擬人

　　C. 比喻和對比

★ 4)「雨傘一動也不動」，這句話是甚麼意思呢？ （　　）

　　A. 撐着雨傘的兩個年輕人並不打算回應水伯。

　　B. 一把雨傘被遺漏在長椅上。

　　C. 雨傘下的人並沒有聽到水伯的話。

5) 最後那對年輕人花費了多少錢？買了甚麼？ （　　）

　　A. 十元買了一支玫瑰花。

　　B. 十元買了兩支玫瑰花。

　　C. 二十元買了一支玫瑰花。

　　D. 三十元買了兩支玫瑰花。

★ 6) 為甚麼水伯把最後一支玫瑰花免費送給那對年輕人呢？ （　　）

A. 因為他不想再在冷風中賣花了。

B. 因為他心裏高興，所以願意把花送給他們。

C. 因為那對年輕人給的錢比他賣的價錢更多，他不想貪小便宜。

D. 因為那對年輕人對他非常好，很有禮貌。

7) 本文講述了 ＿＿＿＿＿＿＿＿＿＿＿＿＿＿＿ 的故事，讚揚了水伯的 ＿＿＿＿＿＿ 和那對年輕人 ＿＿＿＿＿＿＿＿＿ 的好品德。

○ 我完成所有題目了嗎？

○ 我有看清楚題目中的關鍵詞嗎？

○ 我有哪一題不肯定？仔細看看上下文，再想一想！

○ 所有的選擇都是我想選的嗎？

我做對了

＿＿＿＿＿ 題！

時間：

＿＿＿＿＿ 分鐘

紅氣球，黃氣球

小青和小藍是好朋友。

有一天，小青和小藍手拉着手上街，見到一個伯伯在賣氣球，小青和小藍很喜歡，一人買了一個。小青買了一個紅氣球，小藍買了一個黃氣球。

小青和小藍一人拿着一個氣球，笑呀跳呀，開心極了。突然，小青不小心摔了一跤，氣球也飛走了，飄啊飄啊，最後掛在樹梢上。

小青很難過，一邊哭一邊說：「一定是我摔痛了紅氣球，它生氣跑了。」

賣氣球的伯伯安慰小青：「紅氣球並沒有生氣，因為它是會升空的氫氣球，所以飛了。」

可是，小青還是不開心，她嘟着小嘴說：「紅氣球孤零零呆在樹梢上，多冷清呀。」

小藍想了想，一鬆手放了黃氣球。小青吃了一驚：「小藍，你怎麼把黃氣球放了？」

小藍說：「就讓黃氣球去跟紅氣球作伴吧。」

小青笑了：「對呀，好朋友能在一起才會開心呢！」

黃氣球飄啊飄啊，飄到了紅氣球身邊，在綠葉的陪伴下，紅氣球、黃氣球，在高高興興地跳舞呢。

★ 1) 這篇文章是按照 ＿＿＿＿＿＿＿＿＿＿ 順序去寫的。

2) 小青和小藍分別買了怎樣的氣球？　　　　　　　　　（　　）

　　A. 小青買了黃氣球，小藍買了紅氣球。

　　B. 小青買了紅氣球，小藍買了黃氣球。

　　C. 小青買了紅氣球，小藍買了藍氣球。

　　D. 小青買了黃氣球，小藍買了青氣球。

3) 這個故事用了甚麼修辭手法去描寫氣球？　　　　　　（　　）

　　A. 對比　　　B. 擬人　　　C. 比喻　　　D. 排比

★ 4) 小藍為甚麼鬆手放走了氣球呢？　　　　　　　　　（　　）

A. 因為小青的氣球飛走了，他覺得自己應該陪小青一起不拿氣球。

B. 其實他並不那麼喜歡氣球。

C. 因為他想自己的氣球去跟小青的氣球作伴。

D. 因為他摔了一跤，不小心鬆手而讓氣球飛走了。

5）故事中有一句話，用擬人的修辭手法描述了兩個氣球在一起的情形，請你用「＿＿＿＿＿＿＿」把它找出來吧！

6）這篇文章通過 ＿＿＿＿＿＿＿＿＿＿＿＿＿＿＿＿＿

＿＿＿＿＿＿＿＿＿＿＿＿＿＿＿ 的故事，表現了小青和小藍

之間 ＿＿＿＿＿＿＿＿＿＿＿＿＿＿＿ 。

○ 我完成所有題目了嗎？

○ 我有看清楚題目中的關鍵詞嗎？

○ 我有哪一題不肯定？仔細看看上下文，再想一想！

○ 所有的選擇都是我想選的嗎？

我做對了

＿＿＿＿題！

時間：

＿＿＿＿分鐘

印刷的進步

古時候，沒有筆墨紙張，人們要記一件事情，要用小刀把文字刻在竹板上。一塊塊的竹板刻好了，再用一根皮條穿起來，就算一冊書。後來有人發明了漆，就用筆沾着漆，寫在竹

板上或綢子上。用竹板刻寫的書，太笨重；用綢子抄寫的書，又太貴。那時唸書，實在太困難了。

到了漢朝，蔡倫發明了造紙術。文字抄寫在紙上，比刻在竹板上已經容易多了。可是每讀一種書，還得自己抄寫，仍舊不方便。在一千三百多年前，隋朝有人發明了刻板印書的方法，這才免了抄書的困難。

但是刻板印書還是不容易，並且木板又重又多，收藏也困難。到了宋朝，畢昇創造用膠泥排活字的辦法，把刻成一個一個的單字，用膠泥排列成版，印完了以後，仍舊可分散保存，比刻板便利多了。

這個辦法傳到了歐洲，又被加以改良，用鉛鑄字，放在字架上，工人們照着稿子排字。接着制紙排版的方法被發明出來。後來，人們又發明了電動捲筒機，最快的每小時能印十萬張。從此可以印刷大量的圖書報紙，印刷術就大大的進步了。

★ 1）想一想，這篇文章是按照怎樣的順序去介紹印刷的進步呢？

2）印刷術發展的正確順序是怎樣的？請你把下列內容按順序排好吧！

　　A. 把文字抄寫在紙上

　　B. 用小刀把文字刻在竹板上，用竹板記事

　　C. 用電動捲筒機印刷

　　D. 刻板印書

　　E. 用膠泥活字排版印刷

F. 用漆在竹板或綢子上抄寫文字

G 用鉛活字排版印刷

_____

3）下面哪一項是文章沒有提到的年代？ （ ）

A. 漢朝 　　　 B. 宋朝 　　　 C. 隋朝 　　　 D. 清朝

4）這是一篇說明文，想一想，它主要用了怎樣的說明方法去描述印刷的
進步？ （ ）

A. 列數字 　　　 B. 下定義 　　　 C. 作比較 　　　 D. 打比方

5）你能把這篇文章的主要內容概括出來嗎？

_____

_____

_____

O　我完成所有題目了嗎？

O　我有看清楚題目中的關鍵詞嗎？

O　我有哪一題不肯定？仔細看看上下文，再想一想！

O　所有的選擇都是我想選的嗎？

我做對了

_____題！

時間：

_____分鐘

你知道嗎？

中國人對印刷術的貢獻有多大？

大家都知道畢昇發明了活字印刷術。但這種發明並不是憑空產生的，雕版印刷、成熟的造紙術都為畢昇的發明打下了很好的基礎。

拓碑

印刷要發展，前提是要有紙和油墨，中國早在漢代就已經發明了紙和松煙、油煙兩種墨。而從戰國以來，印章、拓碑等複製文字、圖畫的方法，則為印刷術的發展提供了必要的技術條件。

在公元前四世紀的戰國，私人印章就已經盛行，只不過那時人們愛把印章稱作「壐（粵語讀如「邊徙」的「徙」字音）」。比如著名的傳國玉壐，據傳就是秦始皇命人用藍田玉（也有人說是用和氏璧）製作的，上面刻有「受命於天，既壽永昌」八個字。從此，人們就不能用與皇帝一樣用「壐」來稱呼自己的印，而只能改稱為「印章」了。

到了東晉，道士們在桃木棗木上刻上長長的符籙，相當於把印章的面積擴大了，甚至能放得下 120 個字的小短文。實際上，這就是雕版印刷術的前身。

而拓碑又是另一種複印文字的方法。漢朝皇帝把儒家的經典著作都刻在石碑上作為標準內容供文人參照。

為了免除從大量石碑上抄錄文字的辛苦，人們發明了用濕紙覆蓋石碑，再用吸水的厚紙或棉絮、墨汁等將石碑上凹進去的字印到濕紙上去的方法。這與雕版印刷的原理是一樣的。

到了唐代，印章與拓碑這兩種方法慢慢合二為一，終於出現了雕版印刷術。1900 年在甘肅敦煌縣千佛洞中發現的用雕版印刷的《金剛經》，印於公元 868 年，就是世界上發現的印有確切日期的最早的的印刷品。

來挑戰吧！

雨後（据冰心原著，略改）

嫩綠的樹梢閃着金光，
廣場上成了一片海洋！
水裏一羣赤腳的孩子，
快樂得好像神仙一樣。
小哥哥使勁地踩着水，
把水花濺起多高。
他喊：「妹，小心，滑！」
說着自己就滑了一跤！
他拍拍水淋淋的泥褲子，
嘴裏說：「糟糕——糟糕！」
而他通紅歡喜的臉上，
卻呈現出興奮和驕傲。
小妹妹撅着兩條短粗的小辮，
緊緊地跟在這泥褲子後面，
她咬着嘴唇，提着裙子，
輕輕地小心地跑，
心裏卻希望自己，
也摔這麼痛快的一跤！

★ 1）這首童詩寫的是甚麼時候廣場上的情景？　　　　　　　（　　）

　　A. 晴朗的清晨　　B. 白天的雨後　　C. 晚上的雨後　　D. 炎熱的午後

2）這首童詩，寫了 _____ 和 _____ 在廣場上 _____ ，以及
　　妹妹的感受。

3）猜一猜，哥哥滑了一跤以後，心裏有怎樣的感受？　　　　（　　）

　　A. 懊惱與生氣　　B. 心疼和懊惱　　C. 興奮與驕傲　　D. 高興與驚喜

4）文章中有一句話可以表現哥哥和妹妹之間的感情，請你用「_____」
　　把它找出來吧！

5）下列哪個句子，最能表現出廣場上玩水孩子們的心情？　　（　　）

　　A. 水裏一羣赤腳的孩子，快樂得好像神仙一樣。

　　B. 而他通紅歡喜的臉上，卻呈現出興奮和驕傲。

　　C. 心裏卻希望自己，也摔這麼痛快的一跤！

　　D. 小哥哥使勁地踩着水，把水花濺起多高。

★ 6）想一想，為甚麼妹妹希望自己也摔這麼一跤呢？　　　　（　　）

　　因為

　　A. 她也想像其他孩子一樣赤腳玩水。

　　B. 她覺得哥哥摔的跤一點也不痛。

　　C. 她覺得哥哥摔跤才是真正的玩水，她也想像哥哥那樣玩得盡興。

　　D. 她覺得不摔跤就不能跟哥哥一樣了。

★ 7）「廣場上成了一片海洋」，這裏用了甚麼修辭手法？　　　（　　）

　　A. 擬人　　　B. 比喻　　　C. 誇張　　　D. 對比

★ 8) 這首有趣的童詩，最主要是想表達甚麼？　　　　　　　（　　）

A. 表現出孩子們玩水時的天真童趣，以及兄妹之間的互相友愛關懷的感情。

B. 表現出孩子們對大自然的熱愛，喜愛玩水的天性。

C. 表達了兄妹之間相互作伴的親情，以及大自然的美好。

D. 從各方面表現了孩子們愛玩的天性。

○ 我完成所有題目了嗎？

○ 我有看清楚題目中的關鍵詞嗎？

○ 我有哪一題不肯定？仔細看看上下文，再想一想！

○ 所有的選擇都是我想選的嗎？

我做對了

＿＿＿＿題！

時間：

＿＿＿＿分鐘

飛鴿傳書

　　鴿子有很強的歸巢性。牠們的出生地就是牠們一生生活的地方。在任何生疏的地方，鴿子都不能安心留下來，牠們會時刻想着返回自己的「故鄉」。在遇到危險時，這種想法更強烈。所以，即使將鴿子帶到離家百里、千里之外放飛，牠都會竭盡全力，以最快的速度返回，並且不願在途中任何陌生的地方停留。

　　人們知道鴿子這種能力後，就大加利用，用來傳送信件，這就是「飛鴿傳書」。古羅馬人在體育競賽過程中或結束時，

會放飛鴿來慶祝和宣佈勝利。古埃及的漁民，每次出海捕魚時都會帶上鴿子，以便傳遞求救信號和消息。古代中東地區巴格達，曾經有國王在帝國的各個城市之間建立起一個信鴿通訊網，形成一座著名的信鴿郵局。在中國，相傳楚漢相爭時，劉邦被項羽軍隊追捕，藏身在廢井之中。他放出一隻鴿子求救，結果成功獲救。

　　但是，不是所有鴿子都會送信的，只有經過訓練的信鴿才可以做到。一隻經過訓練的信鴿，即使你把牠帶到千里之外的陌生地方，牠也能找到回家的路。

　　在西方，鴿子一直被視為「和平」的使者，人們在牠身上也投下了美好的寄托，希望牠為人們帶來的都是好消息。所以，即便還有其他選擇，在通信不算發達的古代，人們更願意用信鴿來傳遞消息。

1) 第一段中提到鴿子的特點，下面哪一選項正確？　　　　（　　）

　　A. 天生能夠成為信使。

　　B. 非常善於長途飛行。

　　C. 不論飛到甚麼地方，都能辨認回家的方向。

　　D. 不論飛到多遠，都一定要回到自己的故鄉。

★ 2) 人們主要是利用鴿子的甚麼能力來訓練牠們送信？　　（　　）

　　A. 鴿子的長途飛行能力。

　　B. 鴿子的歸巢性。

C. 鴿子的認路能力。

D. 鴿子對主人的忠誠度。

★ 3）第二段主要講述了甚麼內容？ （ ）

A. 古時世界各地的人們，是怎樣利用鴿子的歸巢性來訓練信鴿，幫助人們傳送信件的。

B. 人們是怎樣認識到鴿子具有長途送信的能力的。

C. 人們利用鴿子能辨認方向的能力，訓練牠們幫助人們送信的過程。

D. 世界各地對信鴿的訓練方法和實際應用。

4）文章中列舉了古時世界各地的人是如何利用信鴿的，你能把它們一一記錄下來嗎？

	人們是如何利用信鴿的呢？
古羅馬	
古埃及	
巴格達	
中國	

★ 5）根據文章，為甚麼古時人們即使有其他選擇，但仍更願意用信鴿來送信呢？ （ ）

因為

A. 信鴿送信又快又準，比其他方式更好。

B. 信鴿被視為「和平」的使者，人們希望牠能帶來好消息。

C. 信鴿對主人的忠誠度更高，保證能夠完成任務。

D. 人們覺得信鴿可愛而值得信任。

6) 下面哪一項不符合文章內容？ 　　　　　　　　　　　(　)

A.「飛鴿傳書」是人們利用了鴿子身上很強的歸巢性而發明的一種送信方式。

B. 楚漢相爭時，劉邦被項羽軍隊追捕，他從廢井中放出鴿子求救。

C. 所有鴿子都有很強的歸巢性，牠們都能幫助人們送信。

D. 一隻經過訓練的信鴿，即使你把牠帶到千里之外的陌生地方，牠也能找到回家的路。

★ 7) 這篇文章的主要內容是 _____ 。 　　　　　　　　　(　)

A. 講述了人們選擇信鴿送信的原因。

B.「飛鴿傳書」的由來與歷史發展過程。

C. 鴿子的生活習性，以及牠們與人類的關係。

D. 介紹了鴿子的歸巢性，「飛鴿傳書」的由來和古時人們對這種方式的應用。

8) 你認為文章在描述鴿子「竭盡全力，以最快的速度返回」時，「竭盡全力」最可能描述牠怎樣的狀態？請你試試寫下來。

O 我完成所有題目了嗎？

O 我有看清楚題目中的關鍵詞嗎？

O 我有哪一題不肯定？仔細看看上下文，再想一想！

O 所有的選擇都是我想選的嗎？

我做對了

_____ 題！

時間：

_____ 分鐘

越王敬怒蛙

春秋時，越國的國王勾踐要出兵去打吳國，他需要鼓勵士兵勇敢作戰。

一天，勾踐坐車外出，看見路旁有一隻青蛙。這隻青蛙肚子圓圓的，仿佛鼓足了氣，還雙目圓瞪，注視着勾踐，好像發怒的樣子。勾踐見了，就彎下身子，靠在車前的一根橫木上，表示敬意。（古人乘車時，遇見客人，都要將身子靠在車前橫木上，算是敬禮。）

左右侍從看見了，覺得很奇怪，都在心裏想：堂堂一個國君，為甚麼要向一隻青蛙行起敬禮來呢？於是就有人問越王：「這隻小小的青蛙有甚麼值得大王敬重的呢？」

越王道：「你們有所不知，我敬重這蛙，不是為了別的緣故，而是敬重牠的勇氣。你們看，這小小的青蛙看見了我的車駕，非但不避開，反而敢鼓足了氣，向我怒目而視，好像要抵抗的樣子，這種勇敢的精神實在是令人佩服啊！」

將士們聽到越王這番話，知道他十分敬重勇士，於是人人自告奮勇，拼命殺敵，最後終於滅掉了吳國。

1)「自告奮勇」這個詞，最適合用在以下哪一個句子中？ （　　）

A. 我 ＿＿＿＿＿，向老師提出由我來完成這項任務。

B. 小明 ＿＿＿＿＿，每逢考試前總是熱心地為同學解答難題。

C. 孩子們 ＿＿＿＿＿ 地衝上前，七手八腳地幫助那位跌倒的老奶奶。

D. 在這危急關頭，小元 ＿＿＿＿＿，與兩名途人一起將賊人制服了。

2）青蛙的甚麼表現讓越王對牠行了敬禮？下列哪一項不對呢？ （　　）

    A. 肚子鼓足了氣　　　　B. 退避三舍

    C. 雙目圓瞪　　　　　　D. 怒目而視

3）這個故事是按照 ＿＿＿＿＿＿＿＿＿＿＿＿＿ 順序來寫的。你能把「越王敬怒蛙」的完整經過都歸納出來嗎？

＿＿＿＿＿＿ → ＿＿＿＿＿＿ → ＿＿＿＿＿＿ →

＿＿＿＿＿＿ → ＿＿＿＿＿＿ → ＿＿＿＿＿＿ →

消滅了吳國

★ 4）文中第四段，主要講述了甚麼內容？ （　　）

    A. 越王看到一隻青蛙向自己怒目而視，卻反而向牠行敬禮。

    B. 越王解釋了自己向怒蛙行敬禮的原因，要求侍從們也要這樣做。

    C. 越王解釋了自己向怒蛙行敬禮的原因。

    D. 越王以怒蛙為例，鼓勵士兵們要奮勇殺敵。

★ 5）通過本文，你可以看到越王勾踐是個怎樣的人？ （　　）

    A. 真誠　　　B. 敬重人才　　　C. 懂得把握時機　　　D. 機智勇猛

6）本文有一句話，說明了越王勾踐敬重怒蛙行為的目的，請你用「＿＿」把它找出來吧！

7）最後，勾踐是否達到了自己的目的？從哪裏可以看出來？

＿＿＿＿＿＿＿＿＿＿＿＿＿＿＿＿＿＿＿＿＿＿＿＿＿＿＿＿＿＿

＿＿＿＿＿＿＿＿＿＿＿＿＿＿＿＿＿＿＿＿＿＿＿＿＿＿＿＿＿＿

＿＿＿＿＿＿＿＿＿＿＿＿＿＿＿＿＿＿＿＿＿＿＿＿＿＿＿＿＿＿

8) 到底勾踐用了甚麼方法來達到自己的目的呢？你能把這個方法總結出來嗎？

_____

_____

○　我完成所有題目了嗎？

○　我有看清楚題目中的關鍵詞嗎？

○　我有哪一題不肯定？仔細看看上下文，再想一想！

○　所有的選擇都是我想選的嗎？

我做對了

_____題！

時間：

_____分鐘

等一會兒

有不少的小朋友，在自己應該工作的時候，常喜歡說這麼一句話：「等一會兒。」

喜歡等一會兒的小朋友，以為自己的時間很充足，等一會兒有甚麼關係呢！當他早上一覺醒來，明知是要起牀的時候了，但他習慣地説：「早着呢，等一會兒再起身吧。」於是一翻身又睡着了。學校裏是八點鐘上課，七點五十分了，他還沒出門呢。父母在催他，他説：「還有十分鐘呢，等一會兒怕甚麼？」好像從家裏到學校，不需要時間似的。結果，遲到了。

喜歡等一會兒的小朋友，不論做甚麼事，都要等一會兒的：別人的數學題做好了，他面前還是一張白紙；別人的筆

記抄好了，他的筆記簿上還不曾寫過一個字。這樣，事情越積越多，越多越無法應付。同時，光陰是最不留情的，過去一分，就失去一分；過了一天，就失去一天，永遠不再回來。而那些懵懂的小朋友們，就這樣一天又一天，一年又一年的糊塗混過，以致到老一事無成。因為他們一生寶貴的光陰，都被自己「一會兒」「一會兒」地等掉了，你說可惜不可惜！

1）在文章中，你能找到與「時間」這個詞意義相同的詞語嗎？

_____

★ 2）第三段主要講述了甚麼內容呢？ （ 　 ）

A. 介紹了喜歡「等一會兒」小朋友在生活中的事例。

B. 說明了這些小朋友喜歡「等一會兒」的原因。

C. 講述了小朋友總是「等一會兒」的不好的後果。

D. 舉出喜歡「等一會兒」小朋友在生活中的事例，並且指出這樣做的壞處。

3）文章為了說明小朋友愛「等一會兒」，一共舉了多少個例子？ （ 　 ）

A. 1　　B. 2　　C. 3　　D. 4

4）這篇文章列舉了 _____ 的各種例子，來說明這種態度對人生的影響，指出不應該 _____。

5）以下哪個句子的意思最不接近「光陰是最不留情的」？ （ 　 ）

A. 少壯不努力，老大徒傷悲。

B. 光陰似箭，日月如梭。

C. 夜來風雨聲，花落知多少。

D. 莫等閒，白了少年頭，空悲切。

★ 6)「他們一生寶貴的光陰，都被自己『一會兒』『一會兒』地等掉了」，應
該怎樣理解這句話呢？下面哪一項最合適？　　　　　　　　　（　　）

A. 這種「等一會兒」的習慣，會浪費掉很多寶貴的時間，人就會失去
很多好好學習，好好工作的機會。

B. 每次「等一會兒」，都要花費一些時間，人就無法達成自己的目標。

C. 人失去了時間，就會一事無成。

D. 人不珍惜時間，是最可惜的事。

7) 喜歡說「等一會兒」的小朋友，你可以用一個怎樣的詞語來形容他們？

_____

8) 想一想，這些愛「等一會兒」的小朋友，是因為甚麼才這樣說呢？你
能給他們提出改正的好建議嗎？試試寫下來，或者告訴你的爸爸、媽
媽吧！

_____

_____

○ 我完成所有題目了嗎？

○ 我有看清楚題目中的關鍵詞嗎？

○ 我有哪一題不肯定？仔細看看上下文，再想一想！

○ 所有的選擇都是我想選的嗎？

我做對了

_____ 題！

時間：

_____ 分鐘

世界彩票大國 —— 美國

在中國香港這個地方，人們每星期購買的六合彩，是一種彩票。

任何一種彩票，票上都印有號碼和票面的出售價格。開獎後，只要持有中獎號碼的彩票，就可以按規定取得獎金。

早在二千多年前的羅馬帝國就有彩票出現，目的是為了增加節日氣氛和籌集舉辦國慶活動的金錢。

世界上有各種不同的彩票，絕大部分都由各地政府發行。目前，世界上有 144 個國家發行彩票，每年銷售金額達到 1500 多億美元。其中彩票銷售名列前茅的國家，有美國、西班牙、日本、法國、義大利和英國。

美國是世界彩票大國，無論是彩票銷售還是彩票技術在世界上都一直領先。美國所有彩票都是由州政府的彩票公司來經營。購買彩票是許多美國人日常生活的一部分，就像假日去郊外旅遊和做運動一樣。很多美國人甚至把購買彩票當作增加財富、實現生活夢想的捷徑，因為成熟的彩票制度，使美國人相信「一切皆有可能」。

美國的第一張彩票在 1946 年發行，目前已有 45 個州發行彩票。彩票的種類也層出不窮，有數十種之多，其中以樂透、日開型彩票和即刮即兌型彩票為主。樂透是一個大類型彩票的統稱，是猜數字遊戲。在中國，香港的六合彩和內地的雙色球都屬於樂透遊戲，在彩票迷中最受歡迎。

不過，彩票是成年人的遊戲，為避免這種刺激遊戲對未成年人造成不利影響，美國法律規定 18 歲以下的未成年人不得參加樂透抽獎。有些州甚至禁止 21 歲以下的人參與其中。

1）根據文章的介紹，彩票上印有 _____，人們購買了彩票，一旦中獎，就能 _____。

★ 2）在文章的內容中，最早出現彩票的國家是哪一個？　　　（　　）

　　A. 美國　　B. 羅馬帝國　　C. 日本　　D. 中國

3）文中哪一段主要講述了彩票對美國人日常生活的影響？　（　　）

　　A. 第三段　　B. 第四段　　C. 第五段　　D. 第六段

★ 4）根據文章的介紹，中國香港的六合彩，屬於哪一種彩票形式？（　　）

　　A. 樂透　　B. 日開型　　C. 即刮即兌型　　D. 數字型

5）從哪些現象可以說明美國是世界上最大的彩票國家？　　（　　）

　　① 每年銷售金額達到 1500 多億美元。

　　② 是世界上最早出現彩票的國家。

　　③ 彩票銷售量世界領先。

　　④ 彩票技術世界領先。

⑤ 彩票是美國人日常生活的一部分。

A. ①②③　　B. ①②③④　　C. ①②③④⑤　　D. ③④⑤

6) 根據文章，請你判斷以下這句話是否正確。如對請打「✓」，如錯請打「✗」。

「購買彩票是許多美國人日常生活的一部分，就像假日去郊外旅遊和做運動一樣。」這句話運用了比喻的修辭手法。　　　　　　　（　　）

★ 7) 關於文章內容，以下哪一項是正確的？　　　　　　　　　　（　　）

A. 美國的目前已有 45 個州發行彩票。

B. 美國的第一張彩票在 1945 年發行，是世界上彩票銷售量最大的國家。

C. 二千多年前的波斯帝國就有彩票出現，目的是為了增加節日氣氛和籌集舉辦國慶活動的金錢。

D. 成熟的彩票制度，使美國人相信「一切皆有可能」，即使未成年人也能參與其中。

8) 這篇文章的主要內容是甚麼？你能總結出來嗎？

本文主要介紹了 ＿＿＿＿＿＿＿＿ 、 ＿＿＿＿＿＿＿＿＿＿ 、以及着重介紹了 ＿＿＿＿＿＿＿＿ 。

○ 我完成所有題目了嗎？

○ 我有看清楚題目中的關鍵詞嗎？

○ 我有哪一題不肯定？仔細看看上下文，再想一想！

○ 所有的選擇都是我想選的嗎？

我做對了

＿＿＿＿＿＿題！

時間：

＿＿＿＿＿＿分鐘

家希的髮型

家希在學校的洗手間裏，得意地照着鏡子，欣賞着自己的新髮型：前額的頭髮梳得高高的，透着閃閃發亮的紅色，腦子後面留着一條小尾巴，多麼時髦啊！他想：大家看到一定會嚇一跳吧！

家希才走進課室，便把同學們的注意力都吸引過來了。家希心裏暗自高興：羨慕了吧！你們看看自己，都六年級了，還打扮得像個小孩子。家希沾沾自喜地走回座位，在那短短的幾秒鐘，他感到自己與別人不同。

坐在旁邊的志聰忍不住説：「家希，你的頭髮……」沒等志聰説完，家希便迫不及待炫耀着説：「怎麼樣？好看吧？」後面的子美邊笑邊説：「好看？像隻大公雞似的，你們看！前額的頭髮不像一個紅紅的雞冠嗎？後面一小撮就是雞尾巴囉！」子美一説完，全班同學都笑彎了腰。家希氣得滿臉通紅，正想還擊，楊老師卻走進課室。

上課的時候，同學們都像看小丑似的看着家希，使家希感到很不自在。他不停的看着腕表，焦急地期待着下課的鐘聲。好不容易等到下課了，家希忍着眼淚，飛箭似的衝出課室，卻被楊老師叫住了。

楊老師説：「你怎麼了？」家希氣憤地説：「同學都嘲笑我的髮型！」老師問：「同學們取笑你是不應該，但你為甚麼要把髮型改成這個樣子？」家希説：「我認為自己已長大了，不能再像小孩子般打扮。住在隔壁的大哥哥就是梳這種髮型的，我要學他一樣。」楊老師説：「一個人的成長不在於外表打扮，而在於懂得分辨是非，明白事理！如果只懂模仿別人，盲從

所謂的潮流，這不是小孩子的行為嗎？」聽了老師的話，家希感到很羞愧，他下定決心，要做一個懂得分辨是非的人。

1）第一段中寫到家希「腦子後面留着一條小尾巴」，這條「小尾巴」其實是指 ＿＿＿＿＿＿＿＿＿＿＿＿ 。

★ 2）家希回到教室時，為甚麼會沾沾自喜？　　　　　　　　（　　）

A. 他成功地吸引了同學們的注意，感到自己與別不同。

B. 很多同學都對他的新髮型稱讚不已。

C. 大家都羨慕地看着他的新髮型，令他非常自豪。

D. 他很喜歡自己成為大家都羨慕的人。

★ 3）讀完全文，你知道為甚麼家希要改變髮型嗎？　　　　（　　）

因為

A. 他認為這種髮型很時髦。

B. 他認為自己已經長大了，不能再像小孩子那樣打扮。

C. 他和隔壁的大哥哥約好了，要梳同樣的髮型。

D. 他很有時尚觸覺，習慣緊貼潮流。

4）在寫同學們嘲笑家希的髮型時，文章用了 ＿＿＿＿＿＿＿＿ 的修辭手法。子美說家希的髮型 ＿＿＿＿＿＿＿＿ ，前面的頭髮 ＿＿＿＿＿＿＿＿ ，後面的頭髮 ＿＿＿＿＿＿＿＿ 。

5）以下哪一句，沒有用到比喻的修辭手法？　　　　　　　（　　）

A. 家希忍着眼淚，飛箭似的衝出課室，卻被楊老師叫住了。

B. 好看？像隻大公雞似的，你們看！

C. 前額的頭髮不像一個紅紅的雞冠嗎？後面一小撮就是雞尾巴囉！

D. 上課的時候，同學們都像看小丑似的看着家希。

★ 6) 文章最後一段的段落大意是甚麼？ （　　）

A. 家希很喜歡自己的新髮型，他希望能以此表明自己已經長大了。

B. 家希不想再像小孩子那樣打扮，所以想換新髮型。

C. 楊老師教導家希懂得分辨是非，明白事理才算是成長。

D. 模仿別人，盲從所謂的潮流，這是小孩子的行為。

7) 仔細看看楊老師的話，到底怎樣才算是真正的成長呢？請你寫一寫吧！

_____

8) 這篇文章用了很多心理描寫，來表現家希的轉變，你能把這些心理變化都找出來嗎？

_____ → _____ → _____ → _____ → _____

○ 我完成所有題目了嗎？

○ 我有看清楚題目中的關鍵詞嗎？

○ 我有哪一題不肯定？仔細看看上下文，再想一想！

○ 所有的選擇都是我想選的嗎？

我做對了

_____ 題

時間：

_____ 分鐘

答案詳解

第一課：多義詞的運用

1. 把牛叫做爸爸

1) 趕牛（路）、看路（牛）、賣東西（牛）、靠近牛的身邊

   註：括號中的內容表示這樣的搭配也可以。只要是合理的答案即可。
   下同。

2) B 　上文提到平時牛會在彎路上往前走是因為有兒子的口令。兒子在
   試過很多辦法也不行後，自然就會想到牛要聽到指令才會前行，
   結果事實是與他所想的一樣。故此選 B。

3) ①負責　②趕　③果然

4) B 　根據故事內容，我們可以知道兒子除了「看路」，其實還負責指引
   方向。所以「看」就不單純是表達視線與人或事物接觸，而是包含
   觀察並判斷的意思了。

2. 正想你走

1) 作客、戴、說　　「願意」、「送」只是姑媽說的話，而不是她實際做出
   的動作。

2) C 　「開」字在各個不同詞語中的意思有細微的不同。我們可以根據詞
   語所在的句子描述的場面來判斷。要吃飯了，我們要把碗碟都放
   在桌子上。擺放碗碟的動作，自然跟「打開」和「開放」這兩種意
   思沒有關係了。

3) ①因為　②願意　③走

①「因為……所以……」表示了原因和結果的關係，符合句子的意思。

②句子想要說明「我」要怎樣處理「我的利是錢」。所以應該從文中選擇表示態度的詞語，即「願意」。

③句子中需要補充一個表示動作的詞語。老師會怎麼來到我的面前呢？不能是「說」，不能是「送」，也不能「問」，所以只能選「走」。

4) 拒絕　我們可以根據莊尼說的「不」字，知道他不同意姑媽的提議。故此只能選「拒絕」了。

3. 鎖和鑰匙

1) B　「走」沒有那種匆忙逃脫的感覺，不符合句子描述的情景，所以不能選 A。

2) 高 —— 矮　大 —— 小

3) C　「服氣」不是一個動詞，我們只能說「我服氣了」，而不能說「我服氣你」。

4) A　「打仗」和「打架」的「打」，都有攻擊、鬥毆的意思，而「打乒乓球」中的「打」是表示「擊打」這個動作。

4. 志願

1) C　因為有了「不久的」、「將會」這兩個詞的提示，我們可以知道這句話說的是這塊空地日後的用途，而不是「過去」或「現在」。

2) B　此題填入的應該是一對動詞的反義詞，所以首先不能選 C。再看看「我」認為哥哥是「世界上最好的」，所以他在「我失敗的時候」

是不會做令我難受的事情的，故此也不應該選 A。

3）B　看看文中內容，同學說「我的志願是當科學家」，小雷的志願是當一個「小丑」。所以，這裏的「志」應該指「志向」，與偶像或者志氣關係不大。故此選 B 才合適。

4）✘　第一個「志願」，指「志向，目標」；第二個「志願」，是與「志願者」聯合起來解釋，指自願為社會公益活動、賽事、會議或有需要者服務的人。

5. 小松鼠找花生

1）B　從植物上把新鮮的花取下這個動作，應該用「摘」，這是一個固定的搭配。

2）B　「後果」指的是最後的結果（多數用於不好的方面），「結果」則是某一個階段或事情發展的狀態、結局，果實則可表示植物開花後結出的帶有種子的果，或表示好的成果（用於好的方面）。根據這句話內容，應該選 B。

3）落，凋謝，摘，果實

4）A

6. 栽種大豆最早的國家

1）B　「相繼」有一個接一個，是先後次序的接連做某些事情；「繼續」是指接下去做同一件事。句子內容提到去「美國和日本工作」，肯定是有先後順序的，所以應該選 B。

2）C

3）中國 → 法國 → 英國 → 奧地利 → 匈牙利 → 德國 → 美國

4）C　根據文章內容，「安家」首先不能解釋為 B；其次，在一個地方定居，也沒有再也沒有離開過的意思，所以選 C 更合適：土豆在英國開始種植以後，至今一直有農民在種植。

7. 神奇的洋蔥

1）B　「健壯」通常形容個體的外貌；「旺盛」用於形容人的精神狀態、動植物的狀態；「繁盛」則可用於形容植物、社會狀況等。

2）B　「反抗」可用於描述人的思想和行為，「抵抗」一般指行動上的對抗。「抵制」是指因思想上反對而抵抗，不讓人或事物對某個範圍產生影響。人的身體免疫系統阻止病菌入侵的行為，應該用「抵抗」。

3）C

4）B　A 應該用「因為……所以……」，B 應該用「如果……就……」

8. 冰島真的是冰天雪地嗎？

1）C　「豐富」可以用於形容品種、樣式、內容等，「富裕」通常用於形容人或社會的經濟狀態，但卻都不能用於形容一個行業。

2）C　蒸汽產生強大的動力，是客觀存在的事實，不是憑空「發明」或「創造」出來的。是科學家們經過長期的觀察和實驗，「發現」了這個現象。

3）A

4）B　前文提到冰島這個名字令人以為那是個長年冰天雪地的地方。所

以選 B 最合適，這裏的「竟」字就包含「沒想到居然會這樣」的意思。

9. 可愛的弟弟

1）可愛、討人喜歡、一本正經、神氣、淘氣、晶瑩

2）淘氣 —— 調皮　討人喜歡 —— 惹人喜愛　晶瑩 —— 閃亮

3）C　弟弟並沒有自以為自己比姐姐出色，而是以自己也能做與姐姐一樣的事情而自豪。

4）瞇 —— 眼睛 —— 笑　　拿 —— 鉛筆 —— 畫畫　　弄倒 —— 積木

躲到 —— 一旁 —— 哭　　拿着 —— 積木 —— 放近嘴邊

10. 中國廚師如何使用刀？

1）大 —— 小　　厚 —— 薄　　軟 —— 硬　　熱 —— 冷

2）B

3）A、B、E　「剁」用於指處理食物時，是指把食物製作成肉沫、或者泥蓉狀。也有說把物件某部分「剁下來」的說法，但通常不用於處理食物這個過程上。

4）C　根據文章內容，我們可以知道廚師要非常清楚每種食物的特點，知道怎樣製作它們才選用哪一種刀法去處理，故此應該選 C。

第二課：根據語境理解內容

1. 三文治的由來

1) B　參考第一段

2) A　參考第二段最後一句。

3) B

4) 喜歡　健康美味　方便攜帶

5) 這種食物是由「三文治伯爵」的僕人無意中做出來，並且被伯爵愛打
牌的朋友們紛紛仿效。

2. 狐假虎威

1) A　參考第二段

2) C　參考第三段狐狸說的話：「……你如果不信，可跟在我後面，走一
段路試試看！……」

3) B　參考第四段：羣獸見了狐狸，本來不覺得怎麼樣，可是一見到狐
狸後面緊跟着的是一隻老虎，便一齊掉頭飛跑。

4) C　注意問題問的是「哪一項不對」。羣獸害怕的是狐狸身後的老虎。
狐狸自稱「百獸之王」只不過是誆騙老虎的假話而已。

5) 來不及逃避，心裏一驚→想出主意欺騙老虎→在老虎前面走→告訴老
虎羣獸怕的是自己

3. 怎樣演講？

1）是一種現代人們不可缺少的技能。

2）A　參考第二段

3）C

4）B　參考第五段

5）事前要有準備、說話要有條理、態度要自然、聲調要適宜

4. 哥倫布以「蛋」服人

1）B　參考第一段「回到西班牙後」

2）C　那個人其實是認為哥倫布的發現沒有甚麼大不了的，「任何一個人只要坐船一直向西行，都會有這個發現」，是一件簡單的事，不值得慶祝。從他認為任何人都能做到這一點，我們可以知道他並不認為這是一個偶然的發現，也沒有勸告哥倫布的意思在內，更沒有提到哥倫布精通地理知識，所以只能選 C。

3）A　因為這個人的觀點與大家的觀點是完全相反的，在大家都為哥倫布的發現而驚歎來舉行慶祝會的時候，他突然這樣說，實在是出乎意料。從下文的內容看，無法推出 C 和 D 的結論，所以選 A。

4）A　那人一開始不承認哥倫布發現新大陸是偉大成就，後來又不承認哥倫布做到自己無法辦到的事，其實就是不願意承認自己比不上哥倫布，不願意承認哥倫布是有能力的人。因為哥倫布在豎雞蛋的實驗上沒有錯，也完全是靠自己能力做到的，故此不能選 B、C。文章中寫眾人都有去嘗試，就無法推斷出那人膽小了，所以不能選 D。

5）略。聯繫「你和我的差別就在這裏，你是不敢摔，我是敢摔。」這句話，寫出勇於嘗試這一點就可以了。其餘答案，只要言之成理也可以。

5. 勤勞和懶惰

1）C　勤勞和懶惰是人的兩種性格特點，所以應該選 C。

2）✔

3）B　注意問題問的是「哪一項是不對的」。

4）勸人們要勤勞，不要懶惰，因為勤勞能讓人變得聰明健康，帶給人們好的生活。

5）要是你們不願意跟勤勞做朋友，懶惰就會來跟你們做朋友，並且會硬拉住你們，使你們倒楣。

6. 蜜蜂與蝴蝶

1）B　參考第一段

2）B　參考第二段第一句

3）C　第二段第二句，主要是蝴蝶在花叢中流連的情景。

4）A　參考最後一段

5）我讚美蜜蜂的樸實勤勞，亦喜愛蝴蝶的飄逸迷人。

6）略。只要言之成理即可。但在表達完贊同或不贊同的態度之後，應寫出自己的理由。例如表示贊同可寫「從不同角度看問題，客觀公正看待事物」，表示不認同可寫「蜜蜂其實也很美麗」等等。

7. 海狸造住宅

1）B　參考第一段第二句話

2）A　參考第四段。「材料也用的是泥土和樹枝」。

3）C

4）B　參考倒數第二段

5）首先，海狸找到適合造房子的地方；

其次，海狸着手佈置一個池子；

然後，在池子的深處，海狸開始建築住宅；

最後，海狸着手貯藏過多食物。

（只需要把每段關鍵句子寫下來即可。參考文中細節描寫也可以。）

第三課：概括主要內容 / 主旨

1. 打電話

1）B

2）A

3）C　上文提到小媚也很想去聽音樂會，現在知道原本自己是有機會去的，但這個機會因自己霸佔電話聊天而失去了，按情理推斷應該是後悔的。可因為要打電話聊天是她自己的決定，故此也無法埋怨爸爸、媽媽。所以應該選 C。

4）生氣 → 失望 → 賭氣 → 得意 → 後悔

5）因為爸爸下令不許小媚長時間霸佔電話聊天,小媚反而賭氣打了兩個小時電話。爸爸本想打電話回家通知她可以去看演唱會,結果因無法接通而失去機會。最後小媚非常後悔。

6）不聽從別人正確意見的人,往往會得不償失

（只要言之成理即可,每個人從故事中體會到的道理可不一樣,但應以吸取教訓,多聽從正確意見為主。）

2. 國王與表演雜技的人

1）A　第一段中沒有提到大臣們對國王的態度,不能選 C。

2）C　國王除了對雜技人的表演非常讚賞之外,還很好奇他為甚麼要倒騎馬離開皇宮,所以這兩者結合才是完整的雜技人引起國王注意的原因。

3）倒騎馬出皇宮的原因

4）D

5）一個技術高超的雜技人,機智地用倒騎馬的方式,令吝嗇而虛榮的國王無法搶回自己賞賜出去的財寶,受到大大的教訓。

6）C　請注意問題問的是「哪一項說得不對」。雜技人用精彩的表現博得國王讚賞,國王賞賜的財寶是他應得的報酬。他保護自己應得的報酬,不能說是「貪婪」。

3. 狐狸請客

1）B

2）一盤葷湯　吃不到　又大又長的舌頭

3）B　白鶴受到的委屈：是狐狸請牠吃飯卻沒為牠着想以致令牠吃不到食物。所以牠就打算用同樣的方法回請狐狸，讓狐狸受到教訓。

4）A　狐狸的錯並不是沒有用好的食物來招待白鶴，而是完全不為白鶴着想，準備的食物和容器都是令白鶴無法進食的，所以不能選 B。而故事最後也沒有提到兩者變成仇人，故此也不能選 C。

5）以其人之道，還治其人之身

6）A　從狐狸準備食物可以看出牠的自私，從牠欣然答應白鶴的邀約可看到牠愚蠢（因為牠竟然不知道這樣的招待會令客人不高興）。

4. 眼和手的對話

1）C　參考第二、三段

2）B

3）A

4）A　參考文章最後一段提到「小主人醒了」、「才發現這是一個夢」。

5）非常後悔，決心改過。

6）懶惰貪玩、不愛洗手的小主人夢見紅腫發癢、視力模糊的雙眼控訴骯髒的雙手對牠們的傷害，雙手申辯，并變成大黑手追小主人，他被嚇醒後決心改過。（需寫出起因、經過和結果）

7）略

5. 我的家在哪裏

1）B　參考第一段「因為爺爺奶奶、媽媽都已經起牀了」這一句話。

2）D　從第一段可以看到「我和弟弟」都只能睡在客廳的同一張牀上，充分說明了「我們」的家是十分狹小的。

3）A　參考弟弟說「我好想在房間裏睡覺啊」。

4）只要我們努力讀書，認真工作，與家人和睦相處，就一定能住得更好，過上更好的生活。

5）B

6）「如果沒有夜晚的『被窩打機』節目，我又怎麼能睡個安樂覺呢！」

6. 椋鳥的惡作劇

1）A

2）C

3）A，B，C　文章只說椋鳥比其它小鳥長得更健壯和體型更大，並沒有提到牠長得更美麗。

4）椋鳥借巢產卵的特性　出生後憑藉更強壯的身體搶得更多食物

5）D　參考最後一段

6）B　A、C、D的表現在文中都沒有提到。

7. 談談候鳥

1）整年留在我們這個地方的鳥　夏留鳥　冬留鳥

2）D　參考第四段

3）A

4）知更雀 —— 可以不停止地作長途飛行

北極燕鷗 —— 每天的飛行速度都不一樣

金䴉鳩 —— 可以作超過二萬哩的長途飛行

5）B

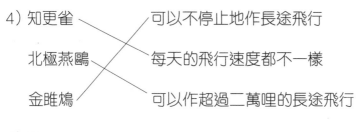

1. 得過且過

1）

	其他鳥兒	寒號鳥
平時		炫耀漂亮的羽毛
秋天	有的飛到南方去過冬，有的每天都辛勤勞動，儲備糧食，積極造窩，準備過冬（只要能回答出辛勤勞動準備過冬即可）	到處遊逛，炫耀漂亮的羽毛
冬天	換上了一身又厚又密的羽毛	漂亮的羽毛脫光了；躲在石縫中凍得打哆嗦。

2）沒有　牠總是抱着得過且過的態度，怕吃苦，不肯花力氣去造窩

3）C　寒號鳥每次都會重複同樣的短語或句子，來表現牠的感受。

4）A

5）做事不能得過且過，要勤勞不怕吃苦／未雨綢繆、提前準備才能應付日後遇到的難題／不可只顧外表漂亮，而不看實際有用的東西。（只要說出任何一種都可以。）

2. 大明和小明

1）✗　大明擅長的是做語文。

2）B

3）有　媽媽在網上找到了播放連續劇的平台

4）事情發展順序　此文的情節發展內在邏輯聯繫很完整，上文的情節影響着下文的發展，故此屬於事情發展順序。

5）「抄別人的作業對自己的學習有害無益，而且還是一種不誠實的行為，不可以這樣做！」

6）本文講述了大明和小明兄弟倆成功抵制電視的誘惑，選擇放棄追連續劇而各自安心完成功課的經過，讚揚了他們的誠實和認真的學習態度。

7）略

3. 植物園裏看猴子

1）B

2）C　例如「有的⋯⋯有的⋯⋯」、「有大的、有小的、有不大不小的⋯⋯」。

3）猴兒們所在的方位　猴兒們

4）A

5）最好玩的是母猴兒抱着一點點大的小猴子，真跟老太太抱小孩一樣。

母猴子抱住小猴子的樣子　老太太抱小孩

6）作者認為這些小猴兒非常可愛、有趣。

7）略

4. 水伯

1）賣玫瑰花

2）暮春的天氣就如孩兒的臉，剛才還是澄明的天空，忽然飄飄揚揚的灑起了綿綿小雨。

3）B 「小雨的肆虐」就是擬人的手法，而「像老有說不完的話兒似的情侶」這只是誇張地表達情侶間不願分開，不是比喻。

4）A 「雨傘」指代的是那兩個撐雨傘的年輕人。

5）D

6）C 其實水伯之前賣的花都是二十元一支，而這對年輕人卻給了他三十元買一支，給多了，所以水伯寧願把最後一支花送給年輕人，也不願意貪小便宜。

7）本文講述了水伯在冷雨夜賣花，遇到好心的年輕人而將花半賣半送的故事，讚揚了水伯的老實、不貪小便宜和那對年輕人善良、尊重賣花老人的勞動的好品德。

5. 紅氣球，黃氣球

1）事情發展

2）B

3）B 「它生氣跑了」、「孤零零呆在樹上」、「去跟紅氣球作伴」、「在高高興興地跳舞」等等，都是把氣球當作人去寫，用了擬人的手法。

4）C

5）黃氣球飄啊飄啊，飄到了紅氣球身邊，在綠葉的陪伴下，紅氣球、黃氣球，在高高興興地跳舞呢。

6）這篇文章通過講述小青不小心讓紅氣球飛走了，小藍把自己的黃氣球也放走去陪伴紅氣球的故事，表現了小青和小藍之間願意互相陪伴的美好友情。

6. 印刷的進步

1）事物的發展順序

2）BFADEGC

3）D

4）C　用各種記事、抄寫方法、印刷材料、印刷方式做對比。

5）介紹了從古到今，印刷術從人們在竹板、布料上抄寫文字，到在紙上抄寫文字，發展到刻板印刷、活字印刷、電捲筒印刷的發展歷程。

來挑戰吧！

1. 雨後

1）B　從「嫩綠的樹梢閃着金光」可以看出這是在白天，下過雨（樹梢因為有水珠才會閃耀金光）。

2）哥哥　妹妹　玩水的趣事　（能寫出哥哥和妹妹在廣場上玩水即可）

3）C

4）他喊：「妹，小心，滑！」

5）A　注意問題問的是「廣場上玩水的孩子們」，而並不是單指「哥哥和妹妹」

6）C　結合上文談孩子們開心地玩水，哥哥連摔跤都顯得興奮與驕傲。反觀妹妹，她不能盡情玩水，要小心地跟在哥哥後面。我們可以推斷出其實妹妹也很想像哥哥和其他孩子一樣盡情地玩，她覺得那才是真正的玩水。

7）B　這是暗喻，「廣場」是本體，「一片海洋」是喻體。

8）A

2. 飛鴿傳書

1）D　參考第一段

2）B

3）A　本段只談到各地人們訓練鴿子做甚麼事情，而沒有談到訓練的過程。

4）

	人們是如何利用信鴿的呢？
古羅馬	在體育競賽中放飛鴿來慶祝和宣佈勝利
古埃及	出海捕魚時傳遞求救信號和消息
巴格達	在各城市間建立信鴿郵局
中國	在遇到危險時用於求救

5）B

6）C　注意問題問的是「不符合文章內容」的一項

7）D

8）不眠不休，半路上盡量不在陌生的地方停留

3. 越王敬怒蛙

1) A　B 如果要用上「自告奮勇」，「每逢考試前」就要放在句首；C 的情況不適用「自告奮勇」；D 緊急關頭主動制服賊人，應用「挺身而出」，而不是「自告奮勇」。

2) B　請注意問題問的是「哪一項不對」。

3) 事情發展

越王出行→越王見到怒蛙→越王向怒蛙表示敬意→侍從不解問越王→越王表達對勇敢之人的尊敬→士兵們奮勇作戰→消滅了吳國

4) C

5) C　文章一開頭已交代了越王要鼓勵士兵奮勇作戰。而他在路遇青蛙的時候抓住了這個機會向手下展現自己敬重勇士的一面，就可以起到鼓勵士兵的作用了。

6) 他需要鼓勵士兵勇敢作戰。

7) 勾踐達到了自己的目的。從最後一段：人人自告奮勇，拼命殺敵，最後終於滅掉了吳國的結果可以看出。

8) 以敬重怒蛙的行動，令士兵知道國王敬重勇士，於是人人都奮勇殺敵，勇敢作戰。

4. 等一會兒

1) 光陰

2) D

3) D　例子分別是：1 起牀時　2 上學時　3 做數學題時　4 抄筆記時

4）小朋友做事愛「等一會兒」 浪費寶貴的光陰（時間）

5）C

6）A

7）拖拉

8）因為他們不知道時間會過去得很快，不懂得必須珍惜時間。（勸告的語言只需要言之成理即可）

5. 世界彩票大國 —— 美國

1）號碼和售出價格 根據彩票上的號碼獲得獎金

2）B

3）C

4）A

5）D 參考第六段

6）✗ 這句話不存在本體與喻體，而只是將購買彩票與去郊外旅遊和做運動的等生活方式作對比。

7）A 請注意問題問的是「哪一項是正確的」

8）本文主要介紹了世界彩票的歷史、今天各國彩票的發行情況、以及着重介紹了美國彩票的形式、地位及發展情況。

6. 家希的髮型

1）一縷長得較長的頭髮

2）A

3）C　參考最後一段

4）比喻　像大公雞　像紅紅的雞冠　像雞尾巴

5）D

6）C

7）不在於外表打扮，而要懂得分辨是非，明白事理

　（只寫出「分辨是非，明白事理」也可）

8）得意→沾沾自喜→　氣憤→焦急和生氣→羞愧